Κ΄ΙΝΔΥΝΟΣ ΣΤΟ Π΄ΑΡΚΟ

ΤΖ΄ΕΙΜΙ ΚΟΥ΄ΙΝ ΕΥΧ΄ΑΡΙΣΤΑ ΒΙΒΛ΄ΙΑ ΜΥΣΤΗΡ΄ΙΟΥ 3

BARBARA VENKATARAMAN

Μετάφραση
NIKOLETTA SAMOILI

ΚΕΦΑΛΑΙΟ 1

"Ξέρεις τι λένε πάντα στην Φλόριντα: Δεν μας ενδιαφέρει πώς το κάνετε εσείς στην Νέα Υόρκη», σωστά;"' Με ρώτησε ο Κιπ, βαριανασαίνοντας.

"Βασικά, κανείς δεν το λέει αυτό», είπα αστειευόμενη, βάζοντας το ψωμί στην τοστιέρα με το ένα χέρι και με το άλλο χτυπώντας τα αυγά. «Απλά το γράφουν πάνω σε αυτοκολλητάκια.»

«Αυτό που θέλω να πω είναι... πως δεν νοιάζονται ούτε στην Καλιφόρνια για το πώς τα κατάφερα.» Ο Κιπ ακούμπησε το μέτωπό του στην άκρη του τραπεζιού της κουζίνας μου και κοίταξε καταβεβλημένος το πάτωμα, βυθισμένος σε σκέψεις ή σε άρνηση, ίσως και τα δύο.

Μόλις πριν από έξι μήνες, ο Κιπ (που δεν ήταν ακόμα το αγόρι μου, βασικά ήταν ακόμα ο πρώην φίλος μου - είναι λίγο περίπλοκο) είχε μετακομίσει εδώ από την Καλιφόρνια για να αναλάβει τη θέση του διευθυντή των πάρκων της κομητείας Μπρούαρντ και περνούσε δύσκολα. Όταν πρωτοξεκίνησε, τα πάντα αφορούσαν οργανογράμματα και διαγράμματα ροής, χαρτογράφηση της χλωρίδας και της πανίδας (τόσο των αυτοχθόνων όσο και των χωροκατακτητικών) και ενίσχυση του ηθικού των εργαζομένων. Ειλικρινά, κανείς δεν θα μπορούσε να είναι πιο φιλόδοξος από τον Κιπ, αλλά όλα αυτά έφυγαν από το παράθυρο όταν συνειδητοποίησε ότι είχε μεγαλύτερα προβλήματα - όπως η μακιαβελική πολιτική της ανώτερης διοίκησης. Αντί να κάνουν τη δουλειά τους, οι προϊστάμενοι του πάρκου περνούσαν όλο το χρόνο τους σαμποτάροντας ο ένας τον άλλον, ενώ οι υπάλληλοι χαμηλότερου επιπέδου περνούσαν το χρόνο τους παραπονούμενοι για τους προϊσταμένους. Το μόνο πράγμα στο οποίο όλοι συμφωνούσαν ήταν το πόσο μισούσαν τον νέο διευθυντή. Έτσι, κατά κάποιο τρόπο, ο Κιπ τους είχε φέρει όλους μαζί. Μείον την τόνωση του ηθικού, φυσικά.

Στη συνέχεια άρχισαν οι βανδαλισμοί, που πήγαιναν από πάρκο σε πάρκο χωρίς προφανές μοτίβο. Φαινόταν ότι ήταν έργο ενός ατόμου - ενός ατόμου που του άρεσε να αφήνει σαρκαστικά μηνύματα στη σκηνή. Το τελευταίο περιστατικό είχε συμβεί μόλις δύο ημέρες νωρίτερα στο Markham Park, στο νοτιοδυτικό τμήμα της κομητείας. Η ομάδα προσκόπων με τον αριθμό 256 είχε ξυπνήσει από μια ολονύκτια κατασκήνωση και βρήκε κάτι που έμοιαζε με κύκλους σε ένα κοντινό χωράφι. Ελπίζοντας να δουν εξωγήινους, διέσχισαν τον κατασκηνωτικό χώρο για να το ελέγξουν. Όταν οι πρώτοι πρόσκοποι έφτασαν στη σκηνή, έβγαλαν ένα ουρλιαχτό ενθουσιασμού και σύντομα το γέλιο κυμάτισε στο πλήθος των εφήβων αγοριών σαν το κύμα σε έναν ποδοσφαιρικό αγώνα. Ακόμα και οι αρχηγοί των προσκόπων χασκογέλασαν με το μήνυμα που είχε κοπεί στο χωράφι με γράμματα ύψους είκοσι μέτρων, σαν να ήταν γραμμένο από έναν δύστροπο γίγαντα. Κάποιος είχε μπει σε μεγάλο κόπο για να εκφραστεί και δεν υπήρχε αμφιβολία για το συναίσθημα. Ξεκάθαρα σαν την πρωινή δροσιά, οι λέξεις "Δε με νοιάζει!" ήταν χαραγμένες στο γρασίδι για να τις βλέπουν όλοι.

"Τζέιμι, ξέρεις πόσο καιρό θα χρειαστεί για να ξαναφυτρώσει το γρασίδι;" παραπονέθηκε ο Κιπ, αφού μου το είχε πει. "Δεν μπορώ να το αφήσω έτσι".

"Χμμμ, γιατί δεν προσθέτεις μερικά γράμματα για να αλλάξεις το μήνυμα; Όπως, δεν ξέρω, τι θα έλεγες για το: Με νοιάζει... ε, Με νοιάζει... ο Μελ... Γκίμπσον! Αυτό πιάνει. Και ποιος ξέρει; Ίσως έτσι μάθει ο Μελ Γκίμπσον να παίζει ωραία". Ξεκαρδίστηκα από τα γέλια. Ξεκαρδίζομαι μερικές φορές.

Ο Κιπ διασκεδάζει ελάχιστα. "Ακριβώς αυτό που χρειάζομαι", είπε, "μια μήνυση από τον Μελ Γκίμπσον. Και η υπεράσπισή μου θα είναι τι - η δικηγόρος φίλη μου μού είπε να το κάνω; Ποιος θα το πίστευε αυτό;"

"Όποιος με ξέρει", είπα, καθώς κατέβασα το πρωινό μας στο τραπέζι. Πήρα θέση δίπλα στο αγόρι μου (το ξέρω-- ούτε εγώ μπορώ να το πιστέψω) και προχώρησα στο να πνίξω τα αυγά μου στο Ταμπάσκο. Είναι ο μόνος σίγουρος τρόπος για να ξυπνήσω, γιατί, ας το παραδεχτούμε, δεν είμαι πρωινός τύπος.

"Πώς είναι το πρωινό σου;" Ρώτησα, περιμένοντας τα εύσημα.

"Υπέροχο, αλλά κάτι του λείπει", μου χαμογέλασε μισοχαμογελώντας ο Κιπ καθώς βουτύρωνε το τοστ του.

"Όχι πάλι αυτό!" Στεναχωρήθηκα. "Μην το λες αυτό, Κιπ".

"Πού είναι το μπέικον;"

"Τώρα, τα κατάφερες! Πληγώσατε τα αισθήματα του κυρίου Πατούσα", κατσάδιασα.

Ο Κιπ με κοίταξε σαν να ήμουν τρελή. "Γιατί η γάτα σου να νοιάζεται για το μπέικον που μου λείπει;"

Γύρισα τα μάτια μου. "Ξέρεις ότι είναι ο καλύτερος φίλος με τη Μις Σαϊγκόν".

"Ε; Είναι άλλη μια από τις αναφορές σου στο Μπρόντγουεϊ;"

"Όχι. Η Μις Σαϊγκόν είναι το βιετναμέζικο γουρούνι που μένει δίπλα. Η γάτα τη λατρεύει".

Ο Κιπ γέλασε. "Δεν μπορείς να με κάνεις να αισθάνομαι ένοχος που τρώω μπέικον, Τζέιμι. Και ούτε θα με πείσεις ποτέ να γίνω χορτοφάγος".

Πήδηξα στην αγκαλιά του και άρχισα να του χαϊδεύω το λαιμό. "Μπορώ να γίνω πολύ πειστική, ξέρεις".

Με τράβηξε κοντά του. "Αλήθεια; Και τι

προσπαθείς να με πείσεις να κάνω αυτή τη στιγμή;"

"Να πας πιο αργά στη δουλειά...".

"Δεν ξέρω", μουρμούρισε. "'Τι θα έλεγε το αφεντικό;"

Του τσίμπησα το αυτί. "Εσύ είσαι το αφεντικό."

"Ω, σωστά, εγώ είμαι", είπε και με φίλησε. "Μυρίζεις υπέροχα".

"Αλήθεια, έτσι δεν είναι;"

Ο Κιπ με σήκωσε και άρχισε να με κουβαλάει έξω από την κουζίνα. "Ναι, μυρίζεις. Σχεδόν τόσο ωραία όσο το μπέικον".

ΚΕΦΑΛΑΙΟ 2

Επιτρέψτε μου να συστηθώ: με λένε Τζέιμι Κουίν και είμαι δικηγόρος οικογενειακού δικαίου. Ζω στο Χόλιγουντ, στην Φλόριντα, όλη μου τη ζωή (μέχρι τώρα, τουλάχιστον) και μοιράζομαι το σπίτι μου με μια δύστροπη γάτο που κληρονόμησα (μαζί με το σπίτι) όταν πέθανε η μητέρα μου από καρκίνο πριν μερικά χρόνια. Ζούσα μια κανονική, συνηθισμένη ζωή, όπου δε συνέβαινε τίποτα το σημαντικό. Κάθε μέρα πήγαινα στη δουλειά, έβγαινα με φίλους, και έβλεπα πάρα πολύ τηλεόραση. Από τότε που πέθανε η μητέρα μου, για πολύ διάστημα ζούσα πενθώντας, όταν ο αυτιστικός ξάδερφός μου, ο Αδάμ, κατηγορήθηκε για τον φόνο του καθηγητή της μουσικής του με ένα πνευστό όργανο που ονομάζεται ντιτζεριντού και όλα άλλαξαν. Τώρα η ζωή μου, δεν είναι πια βαρετή, και δεν θα την άλλαζα με τίποτα.

Μιλώντας για μεγάλες αλλαγές, πριν έξι μήνες, έπεσα πάνω στον πρώτο μου έρωτα από το λύκειο, τον Κιπ Σίμονς, στο Πάρκο Τ.Υ. που δουλεύαμε κάποτε και οι δυο. Ο Κιπ είχε πάει σε ένα κολέγιο εκτός της πολιτείας, και επέστρεψε στην Φλόριντα πριν περίπου δεκαπέντε χρόνια. Για καλή μου τύχη, η πρώτη του καριέρα στην εταιρική Αμερική ναυάγησε, γεγονός που τον ανάγκασε να επιστρέψει στο σχολείο, όπου ακολούθησε την πραγματική του κλίση, τη δασοκομία και τη διαχείριση πάρκων. Θέλω να πιστεύω ότι έκανε αίτηση για τη σημερινή του θέση ως διευθυντής πάρκων της κομητείας Broward επειδή κρυφά με νοσταλγούσε.

Μετά, είχα και τον πατέρα μου, τον Γκουλιέρμο Φράνκο. Ήταν ένα μυστήριο που νόμιζα ότι δεν θα έλυνα ποτέ – ειδικά αφού η μητέρα μου δε μιλούσε ποτέ για κείνον και δεν είχα ιδέα για το ποιος ήταν. Όταν πέθανε η μητέρα μου, αποφάσισα να τον ψάξω μην έχοντας τίποτα άλλο παρά μόνο ένα όνομα, το οποίο, όπως αποδείχθηκε, δεν ήταν καν το κανονικό του. Μετά από μερικές αποτυχημένες προσπάθειες και με πολύ βοήθεια από τους φίλους μου, Ντιούκ και Γκρέις, βρέθηκα μπροστά στην μεγαλύτερη έκπληξη της ζωής μου: μίλησα με τον πατέρα μου για πρώτη φορά. Είχε μείνει έκπληκτος, δεδομένου του ότι δεν ήξερε καν ότι είχε μια κόρη, όμως πήρε τα νέα πολύ καλά. Στην ουσία, ενθουσιάστηκε, το ίδιο και η γυναίκα του, η Άννα Μαρία, που ζει στο Μαιάμι και προσπαθεί πάρα πολύ για να τον φέρει εδώ. Ο πατέρας μου κι εγώ δεν έχουμε ακόμα βρεθεί πρόσωπο με πρόσωπο γιατί έχει κολλήσει στη Νικαράγουα (μετά τον εξορισμό του από την Κούβα), αλλά μιλάμε μέσω του Σκάιπ όσο πιο συχνά μπορούμε, και προσπαθούμε να κερδίσουμε τον χαμένο χρόνο μας με διάφορες ιστορίες. Εκείνος έχει περισσότερες ιστορίες να μου πει από ότι εγώ, φυσικά, όμως οι δικές του είναι σκοτεινές και σουρεαλιστικές, σαν την πλοκή ενός ρωσικού μυθιστορήματος (αν διαδραματιζόταν στην Κούβα). Λέει ότι του αρέσουν οι ιστορίες μου επειδή τον κάνουν να γελάει, και επειδή του θυμίζω την μητέρα μου.

Οι γονείς μου γνωρίστηκαν σε μια πολιτική συγκέντρωση όταν ήταν μόλις είκοσι ετών και αμέσως μετά εντάχθηκαν μαζί στο κίνημα των Κουβανών αντιφρονούντων. Πίστευαν ότι θα μπορούσαν να αλλάξουν τον κόσμο, αλλά το όνειρό τους για μια ελεύθερη Κούβα θα παρέμενε απλώς ένα όνειρο. Στο τέλος, ο αγώνας τους ενάντια στην αδικία δεν θα κατάφερνε τίποτα άλλο εκτός από το να απελαθεί ο πατέρας μου πίσω στην Κούβα, η μητέρα μου να χάσει τον έρωτα της ζωής της και εγώ να μεγαλώσω χωρίς πατέρα. Προσπάθησαν να κάνουν τη διαφορά και τους θαυμάζω γι' αυτό, ακόμη κι αν όλα κατέληξαν πολύ άσχημα. Ο πατέρας μου τα πέρασε χειρότερα, φυσικά, περνώντας τόσα χρόνια σε φυλακές και κέντρα κράτησης. Όταν τον ρώτησα γι' αυτό, είπε κάτι εκπληκτικό. Είπε ότι προτιμούσε να είναι στη φυλακή από το να βρίσκεται σε εκκρεμότητα, χωρίς να ξέρει αν θα είναι ποτέ ξανά ελεύθερος. Για το λόγο αυτό, δεν τον πείραζε η τωρινή του κατάσταση -περιμένοντας στη Νικαράγουα για μια βίζα που μπορεί να μην υλοποιηθεί ποτέ- γιατί τουλάχιστον είχε ελπίδα, είχε δουλειά και είχε εμάς τους δύο, και αυτό λέει πολλά.

Αφού ενημερώσαμε ο ένας τον άλλον για τις ζωές μας, ο μπαμπάς μου και εγώ αρχίσαμε να ψάχνουμε για ένα κοινό ενδιαφέρον για να συνεχίσουμε τη συζήτηση. Βρήκαμε ένα που είναι πρακτικά παγκόσμιο, με το διαδίκτυο, τα streaming βίντεο και το χρυσό πρότυπο των μέσων, τα βιβλία. Μιλάω για την επιστημονική φαντασία, την αστείρευτη πηγή ψυχαγωγίας για τους ανθρώπους που τους αρέσει να περνούν χρόνο σε εναλλακτικά σύμπαντα ή να εξερευνούν τον γαλαξία χωρίς να αλλάζουν τις πιτζάμες τους. Η πιο πρόσφατη συζήτησή μας είχε ως εξής:

"Hola Papi, τελείωσες ποτέ να βλέπεις το 'Μάτριξ'; Δεν ήταν συγκλονιστικό;"

"Ήταν συναρπαστικό, αλλά και ενοχλητικό. Μου άρεσε. Συχνά ένιωθα ότι η ζωή μου ήταν ένα κακό όνειρο και ότι μπορεί να ξυπνούσα κάπου αλλού. Πες μου, hija, ποιο χάπι θα έπαιρνες, το κόκκινο ή το μπλε;"

"Χμμμ, πάρε το μπλε χάπι και η ιστορία τελειώνει. Ξυπνάς στο κρεβάτι σου και πιστεύεις ό,τι θέλεις. Αυτό ακούγεται περισσότερο ταιριαστό για μένα. Εσύ τι λες;"

"Το κόκκινο, φοβάμαι", είπε. "Πρέπει να ξέρω πόσο βαθιά είναι η λαγότρυπα. Η ηλικία δεν φέρνει πάντα σοφία, Τζέιμι".

"Δηλαδή, αν ζούσαμε στο Μάτριξ αυτή τη στιγμή, θα ήθελες να μάθεις;

Γέλασε. "Ω, ναι! Ίσως να μάθαινα ότι δεν βρίσκομαι στην πραγματικότητα σε αυτό το μικροσκοπικό διαμέρισμα στη Μανάγκουα, αλλά κάθομαι στο Broadwalk μαζί σου, τρώγοντας παγωτό και βλέποντας τον κόσμο να περνάει".

"Θα μου άρεσε πολύ αυτό. Το δικό μου είναι ένα χωνάκι βάφλας με παγωτό μέντας και πασπαλίσματα σοκολάτας;"

"Ναι."

"Τότε να με υπολογίζεις", είπα.

Ο μπαμπάς μου αναστέναξε. "Ανυπομονώ για τη μέρα που θα μπορέσουμε πραγματικά να το κάνουμε αυτό".

"Κι εγώ το ίδιο. Και όταν έρθει αυτή η μέρα, το παγωτό κερνάω εγώ".

ΚΕΦΆΛΑΙΟ 3

Θα πίστευε κανείς ότι μετά από πάνω από μια δεκαετία άσκησης του δικηγορικού επαγγέλματος, θα μπορούσα να καταλάβω το χρονοδιάγραμμα. Δεν αναφέρομαι σε όλες τις προθεσμίες για την ανακάλυψη, τη διαμεσολάβηση και την προετοιμασία της δίκης - αυτά τα έχω υπό έλεγχο, αλλά φαίνεται ότι έχω χάσει την ικανότητα να πηγαίνω εγκαίρως στο δικαστήριο. Ήταν Τρίτη πρωί, είχα μια κλήση ημερολογίου για τις 9:15, και αυτό που θα έπρεπε να είναι ένα ευάερο πρωινό είχε μετατραπεί σε οτιδήποτε άλλο. Μεταξύ της αγνόησης του ξυπνητηριού μου και του υπερβολικού χρόνου που ξόδεψα στα ακατάστατα, απίθανα μαλλιά μου, είχα μείνει τόσο πίσω στο πρόγραμμα που αγχώθηκα για το ποια φανάρια ήταν τα πιο μεγάλα και πώς θα μπορούσα να τα αποφύγω. Δεν θα ήταν πρόβλημα αν πήγαινα στο δικαστήριο του Χόλιγουντ, αλλά η ακρόασή μου ήταν στο κεντρικό δικαστήριο και το κέντρο του Φορτ Λόντερντεϊλ ήταν δέκα μίλια μακριά.

Ήταν ήδη 9:06 όταν πάρκαρα το μίνι-cooper μου, οπότε άρχισα να τρέχω το μακρύ τετράγωνο μέχρι το δικαστήριο. Ένιωθα περίεργα εκτός ισορροπίας, σαν το πεζοδρόμιο να ήταν ανώμαλο, και τότε συνειδητοποίησα το γιατί - φορούσα δύο διαφορετικά παπούτσια! Και τα δύο ήταν μαύρα, αλλά το ένα είχε χαμηλό τακούνι και το άλλο ήταν φλατ. Αυτό συμβαίνει όταν αργείς, δεν μπορείς καν να ντυθείς. Η ουρά των ανθρώπων που έμπαιναν στο δικαστήριο έφτανε μέχρι το πεζοδρόμιο. Γαμώτο, θα αργούσα! Ήξερα ότι υπήρχε μια άλλη είσοδος στο δικαστήριο στον τρίτο όροφο του γκαράζ, οπότε πήγα με τα πόδια εκεί. Αφού περίμενα για ένα ασανσέρ που δεν έφτασε ποτέ, ανέβηκα τις σκάλες, βγάζοντας πρώτα τα αταίριαστα παπούτσια μου (είχα ένα άλλο ζευγάρι σαν κι αυτά στο σπίτι) και μετά ανέβηκα τρέχοντας δύο ορόφους με τις κάλτσες μου. Δεν υπήρχε κανείς στην ουρά (ευτυχώς), οπότε πέταξα τον φάκελό μου στο μηχάνημα ακτίνων Χ και πέρασα γρήγορα από τον ανιχνευτή μετάλλων. Χωρίς κανέναν λόγο, το μηχάνημα χτύπησε και έπρεπε να περιμένω τη φρουρό να κουνήσει το ραβδί της πάνω μου για να με ψάξει εικονικά. Ο ιδρώτας είχε αρχίσει να διαχέεται στο πρόσφατα στεγνοκαθαρισμένο κοστούμι μου και έπρεπε ακόμα να φτάσω στον όγδοο όροφο. Γιατί συνέχισα να το κάνω αυτό στον εαυτό μου;

Όταν έφτασα στον προορισμό μου, η ώρα ήταν 9:25 και λαχάνιαζα σαν να είχα μόλις τερματίσει ένα 5άρι χλμ. Καθώς επικεντρώθηκα στο να προσπαθώ απλώς να περπατήσω, ξαφνικά συνειδητοποίησα ότι δεν υπήρχε κανείς εκεί. Οι κλήσεις στο ημερολόγιο συνήθως σφύζουν από δικηγόρους που αναζητούν ημερομηνίες δίκης, όλοι τους ζητούν την πιο πρόσφατη δυνατή ημερομηνία με την ελπίδα ενός συμβιβασμού ή ενδεχομένως ενός θαύματος. Τότε είδα το σημείωμα που ήταν κολλημένο στην πόρτα. Έλεγε, "Η κλήση στο ημερολόγιο ακυρώθηκε". Καμία εξήγηση, ούτε συγγνώμη. Δεν ήξερα αν έπρεπε να γελάσω ή να κλάψω.

Κάθισα στον έρημο πάγκο του διαδρόμου για να ξεκουραστώ. Λένε πως η κωμωδία ισούται με την τραγωδία συν το χρόνο και αφού είχαν ήδη περάσει δέκα λεπτά αποφάσισα να στείλω ένα μήνυμα στην φίλη μου, την Γκρέις για να γελάσουμε. Ξέρω την Γκρέις από τα φοιτητικά μας χρόνια στο Νομικό Πανεπιστήμιο όπου μοιραζόμασταν αμέτρητες ώρες μελέτης καθώς και το τρελό χιούμορ της Γκρέις. Αυτές τις μέρες, η Γκρέις δούλευε σε μια μεγάλη εταιρεία κινητών αξιών στην πολυτελή λεωφόρο Las Olas Boulevard, όπου κρατούσε την εξυπνάδα της κρυφή - τις περισσότερες φορές τουλάχιστον. Αν και συνήθως δεν μπορούσε να δεχτεί προσωπικά τηλεφωνήματα στη δουλειά, μπορούσε πάντα να στείλει μήνυμα, και αυτό με βόλευε.

Θέλεις να μάθεις για την πιο καυτή νέα τάση της μόδας; Έστειλα μήνυμα.

Θα με βάλει στο εξώφυλλο του Cosmo; Θα συμβιβαζόμουν με τη Vogue.

Περισσότερο σαν το National Enquirer.

Δίπλα στην ιστορία για τις γυναίκες που παντρεύτηκαν εξωγήινους.

Ξέχνα το, δεν μπορώ να αντέξω την κακή δημοσιότητα. Λοιπόν, τι έκανες αυτή τη φορά;

Φόρεσα δύο διαφορετικά παπούτσια στο δικαστήριο. Έδειχνα πολύ κουλ!

Lol!!! Πώς περπατούσες; Ανυπομονώ να δω τη φωτογραφία σου στο blog με τα κουτσομπολιά του δικαστηρίου!

Θεέ μου, ελπίζω όχι! Δεν είδα κανέναν. Ήμουν στην ημερολογιακή κλήση ολομόναχη...

Ήθελες να μείνεις μόνη σου;

Ναι, κάτι τέτοιο. Μάντεψε τι έκανε ο βάνδαλος του πάρκου αυτή τη φορά;

Ψέκασε τα τραπέζια του πικνίκ με WD-40;

Αυτό είναι αηδιαστικό! Ίσως φταις εσύ, Γκρέις... εσύ είσαι ο βάνδαλος του πάρκου!

Όχι εγώ, αλλά θα μπορούσε να είναι μια από τις άλλες μου προσωπικότητες. Δεν μπορώ να εγγυηθώ γι' αυτές. Εντάξει, τα παρατάω, τι έκανε;

Κούρεψε τις λέξεις "Δε με νοιάζει" στο γρασίδι του πάρκου Μάρκαμ.

Ξεκαρδιστικό! Μπορεί να μην είναι κομψός, αλλά έχει στυλ.

Θα σας συστήσω... μόλις ο Κιπ καταλάβει ποιος είναι, του έστειλα μήνυμα.

Ο καημένος ο Κιπ, δεν άργησε να κάνει εχθρούς...

Δεν φταίει αυτός, αλλά το σύστημα του πάρκου, είναι τόσο χάλια! Γι' αυτό έφεραν έναν εξωτερικό διευθυντή - σίγουρα δεν μπορούσαν να προωθήσουν κανέναν. Ελπίζω μόνο ο Κιπ να μην τα παρατήσει.

Κι εγώ, έστειλε μήνυμα η Γκρέις. Γιατί δεν προσπαθείς να ψάξεις για τον βάνδαλο του πάρκου; Σίγουρα ο Ντιουκ θα σε βοηθήσει.

Δεν είναι κακή ιδέα και ο Ντιουκ λατρεύει τέτοιου είδους πράγματα. Είναι ο μόνος ντετέκτιβ που σκέφτεται σαν εγκληματίας. Όταν δεν είναι πολύ απασχολημένος με το να ελέγχει τις γυναίκες, φυσικά.

Φυσικά.

Χαίρομαι που είσαι με το μέρος μου, Γκρέισι. Είσαι ο εγκέφαλος αυτής της επιχείρησης.

Και εσύ είσαι η φασιονίστα!

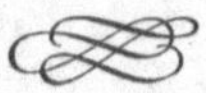

ΚΕΦΆΛΑΙΟ 4

Αφού έχασα όλο το πρωινό μου, επέστρεψα στο Χόλιγουντ, σταματώντας στην αγαπημένη μου καφετέρια στο δρόμο. Πάντα με αναζωογονούσε να πηγαίνω εκεί και ο καφές ήταν επίσης εξαιρετικός. Το πιο σημαντικό, δεν χρειαζόταν να βγω από το αυτοκίνητο.

"Καλημέρα γλυκιά μου, τι κάνεις;"

Ο Τζόι, ένας μεταμοσχευμένος Νεοϋορκέζος στα τέλη των είκοσι, ήταν τόσο χαρούμενος που νόμιζες ότι είχε την καλύτερη δουλειά στον κόσμο -ή τουλάχιστον έτσι νόμιζε. Αν και ήξερα ότι αποκαλούσε όλα τα κορίτσια "γλυκιά μου" (και όλα τα αγόρια "φιλαράκο"), ακούγοντάς το εξακολουθούσα να νιώθω ξεχωριστή.

"Τα πάω μια χαρά, ευχαριστώ. Θα πάρω το συνηθισμένο, αλλά μπορείς να το κάνεις διπλό; Χρειάζομαι την καφεΐνη".

Καθώς περίμενα, ο θόρυβος του γάλακτος που αχνιζόταν και το άρωμα του φρεσκοψημένου εσπρέσο ήταν μια συμφωνία για τις αισθήσεις μου. Εισέπνευσα βαθιά, έκλεισα τα μάτια μου και απολάμβανα τη στιγμή.

Ο Τζόι γέλασε όταν με είδε με κλειστά μάτια. "Σίγουρα χρειάζεσαι αυτόν τον καφέ, ε;" Μου έδωσε τον λάτε μου μαζί με τα ρέστα, τα οποία έριξα στο βάζο με τα φιλοδωρήματα.

"Ξέρεις, Τζόι, είσαι ο πρώτος άνθρωπος με τον οποίο μίλησα σήμερα. Μπορείς να το πιστέψεις;"

"Το ακούω συχνά αυτό", είπε χαμογελώντας. "Είμαι σαν τον πρωινό DJ. Σε βοηθάω να ξυπνήσεις και να αντιμετωπίσεις τον κόσμο, ώστε να μπορέσεις να φύγεις για τη δουλειά". Ο ενθουσιασμός του Τζόι ήταν μεταδοτικός- ήταν σαν προπονητής ζωής και μπαρίστας μαζί.

Χαμογέλασα. "Είσαι απασχολημένος;"

"Σίγουρα. Όλοι όσοι δουλεύουν στο κέντρο της πόλης περνούν από εδώ, καλά, μόνο οι καφετζούδες, ξέρεις, αλλά έχω επιτρόπους, αστυνομικούς, δασκάλους, γιατρούς - ό,τι θες, εμφανίζονται την ίδια ώρα κάθε μέρα. Θα μπορούσα να ρυθμίσω το ρολόι μου με αυτούς. Μέχρι και σόφτμπολ άρχισα να παίζω με μερικούς από αυτούς, έχουμε μια ομάδα στο πάρκο. Πρέπει να έρθεις να μας δεις κάποια στιγμή".

"Ακούγεται διασκεδαστικό. Πάω στοίχημα ότι θα ακούσεις μερικά ζουμερά κουτσομπολιά", τον πείραξα.

"Θα σοκαριστείς με τα πράγματα που ακούω", είπε, δείχνοντας μισοσοβαρός. Μου έκλεισε συνωμοτικά το μάτι, προσποιούμενος ότι κλείνει το στόμα του και πετάει το κλειδί.

Ακριβώς τότε, ένα αυτοκίνητο σταμάτησε πίσω μου.

"Τα λέμε την επόμενη φορά, γλυκιά μου". Είπε ο Τζόι χαιρετώντας με. "Να περάσεις καλά".

Γέλασα μόνη μου καθώς απομακρυνόμουν. Γι' αυτό ο Τζόι απολαμβάνει τη ζωή, πιστεύει ότι ζει σε κατασκοπευτική νουβέλα! Είμαι σίγουρη πως όλοι βλέπουν τον εαυτό τους ως έναν ήρωα (ή αντι-ήρωα) της ζωής τους, αλλά αν η δική μου ζωή ήταν νουβέλα, θα ήθελα να ήταν μια καραμπινάτη ιστορία του Ντίκενς. Πάντως, όχι το «Ο Ζοφερός Οίκος» ή «Το παλαιοπωλείο», είναι πολύ σκοτεινά (ο μικρός Νελ παθαίνει!) αλλά κάτι σαν το «Νίκολας Νίκλεμπι» ή τον «Ντέηβιντ Κόπερφιλντ» θα ήταν μια χαρά. Θα ήθελα να έχει πολλούς ενδιαφέροντες χαρακτήρες, κακούς τύπους που παίρνουν αυτό που τους αξίζει και καλούς που στο τέλος καταλήγουν με ένα ευτυχισμένο τέλος.

Φυσικά, άλλος ένας λόγος που δεν μου αρέσει το «Ο Ζοφερός Οίκος» είναι ότι δίνει σε μας τους δικηγόρους κακό όνομα. Εννοώ, ότι στην ιστορία, είμαστε *οι κακοί*, για όνομα του θεού – λες και η φήμη μας δεν ήταν ήδη αρκετά κακή. Λοιπόν, ευχαριστώ για τη βοήθειά σας κύριε Ντίκενς, αλλά αυτό, το έχουμε καλύψει.

Έφτασα στο γραφείο και βρήκα μια στοίβα μηνύματα να με περιμένουν. Το πρώτο ήταν από τη βοηθό του δικαστή που με ενημέρωνε ότι η κλήση για το ημερολόγιο είχε ακυρωθεί. Ναι, το είχα ήδη καταλάβει. Υπήρχε ένα μήνυμα από τον κτηνίατρό μου σχετικά με τον προγραμματισμό μιας εξέτασης για τον κ. Πατούσα- μια υπενθύμιση για ένα φιλανθρωπικό γεύμα- ένα "ευγενικό τηλεφώνημα" από κάποιον που προσπαθούσε να μου πουλήσει κάτι- και ένα μήνυμα από τον λογιστή μου, τον Μάρβιν, που αναρωτιόταν γιατί έκανα έκπτωση φόρου μια δαπάνη για "ημερήσιο σπα" (δεν ήταν για μένα, το ορκίζομαι). Τα υπόλοιπα ήταν από πελάτες, αντίπαλους δικηγόρους και έναν πιθανό νέο πελάτη, αλλά τίποτα που δεν μπορούσε να περιμένει. Τελείωσα τον παγωμένο καφέ μου και άνοιξα τον υπολογιστή μου για να ελέγξω το πρόγραμμα για το απόγευμα.

Το να είσαι μονοπρόσωπη επιχείρηση έχει σίγουρα τα μειονεκτήματά του. Οι συνάδελφοί μου και εγώ μοιραζόμαστε μια ρεσεψιονίστ, αλλά δεν έχω γραμματέα για να προγραμματίζω ακροάσεις, να δακτυλογραφώ δικογραφίες ή να αντιμετωπίζω δύστροπους πελάτες. Το χειρότερο είναι ότι κάθε κρίση, πραγματική ή φανταστική, είναι πάντα δικό μου πρόβλημα - και οι πελάτες διαζυγίων έχουν πολλές κρίσεις, επιτρέψτε μου να σας πω. Πάρτε την πελάτισσά μου, την Κάθι Σου. Ήταν μια προσγειωμένη, μεσήλικη γυναίκα από τη Βόρεια Καρολίνα, της οποίας ο σύζυγος, ο Γουόλτερ, ήθελε να την ανταλλάξει με ένα νεότερο μοντέλο. Η καημένη η Κάθι Σου ήταν τόσο σοκαρισμένη και πληγωμένη από την απιστία του Walter που έχασε την ικανότητα να πάρει μια απόφαση, και εννοώ οποιαδήποτε απόφαση. Με καλούσε καθημερινά για συμβουλές. Το τελευταίο της θέμα είχε να κάνει με το συζυγικό σπίτι, στο οποίο ζούσε και το οποίο ήταν καταχωρημένο προς πώληση. Ο δικαστής είχε διατάξει τον Γουόλτερ να συντηρεί την αυλή μέχρι να πουληθεί το σπίτι, αλλά ο Γουόλτερ ήταν πολύ απασχολημένος με την κρίση μέσης ηλικίας του (με αυτό εννοώ τη φίλη του) και αρνήθηκε να το κάνει. Η Κάθι Σου μου τηλεφώνησε, εντελώς αναστατωμένη.

«Τζέιμι, δεν ξέρω τι να κάνω! Υποτίθεται πως σήμερα πρέπει να δείξω το σπίτι σε αυτό το χαριτωμένο ζευγάρι που ίσως θέλει να το αγοράσει, αλλά η αυλή είναι σε κακό χάλι. Ο Γουόλτερ έχει να κουρέψει το γρασίδι εδώ και βδομάδες και είναι σαν ζούγκλα! Βέβαια, θα μπορούσα να το κουρέψω εγώ, αλλά αν το κάνω, ο δικαστής θα πιστεύει ότι μπορώ να το κάνω αυτό *συνέχεια* και πως δεν θα *χρειάζομαι* τον Γουόλτερ για να το κάνει, αλλά η αλήθεια είναι, Τζέιμι, πως με τα πονεμένα μου γόνατα και την θυλακίτιδα στον γοφό μου, τον χρειάζομαι για να κουρεύει το γρασίδι!»

«Λοιπόν...» είπα

«Μα, Τζέιμι, αν δεν κουρευτεί το γρασίδι, δεν υπάρχει περίπτωση αυτό το ζευγάρι να αγοράσει αυτό το σπίτι – δεν θα βγουν καν από το αμάξι! Σου ορκίζομαι πως μοιάζει λες και είναι εγκαταλελειμμένο. Σίγουρα θα υπάρχουν ένα σωρό αρουραίοι εκεί πέρα, που θα μεταδίδουν αρρώστιες!»

«Λυπάμαι Κάθι Σου, είχα το μυαλό μου στους αρουραίους, ποια ήταν η ερώτησή σου;»

«Να κουρέψω εγώ το γρασίδι ή όχι;»

Αναστέναξα. «Θέλεις να πουλήσεις το σπίτι, σωστά;»

"Φυσικά και θέλω! Δεν μπορώ να φύγω για τη βόρεια Καρολίνα αν δεν πουληθεί πρώτα."

" Και έτσι που είναι, δεν θα το αγοράσει κανείς, σωστά; "

"Πολύ σωστά."

" Τότε, πρέπει να κουρέψεις το γρασίδι, Κάθι Σου."

"Μα, Τζέιμι..."

"Άκου τι θα κάνουμε. Θα γράψω σε αυτόν τον δικηγόρο και θα του λέω πως αν ο Γουόλτερ δεν ξεκινήσει να κουρεύει αυτό το γρασίδι, τότε θα προσλάβεις μια υπηρεσία για να το κάνει και το κόστος θα πληρωθεί από το δικό του μερίδιο. Πώς σου φαίνεται;

"Πολύ καλό. Μόλις αυτός ο τσιγκούναρος δει ότι πρέπει να πληρώσει, θα το κανονίσει αμέσως. Και τώρα, με συγχωρείς, πρέπει να πάω να κουρέψω το γρασίδι. Ευχήσου μου καλή τύχη!"

Μέχρι να τελειώσω να παίρνω αποφάσεις για τους πελάτες μου κάθε μέρα, (εννοώ να τους βοηθάω να παίρνουν αποφάσεις) το μυαλό μου ήταν τόσο ψημένο που δεν μπορούσα καν να αποφασίσω τι θα φάω για δείπνο. Μερικές φορές ευχόμουν να μπορούσα με κάποιον μαγικό τρόπο – με μια μαγική σφαίρα ας πούμε - να βοηθήσω κάθε πελάτη στη λήψη αποφάσεων. Αλλά ήξερα τι θα συνέβαινε. Θα τη ρωτούσαν: "Να καλέσω την **Τζέιμι**;" και η Μαγική Σφαίρα θα απαντούσε: "Χωρίς αμφιβολία".

Ήμουν έτοιμη να αρχίσω να απαντώ στις κλήσεις όταν έλαβα ένα μήνυμα από τον **Κιπ**.

Λυπάμαι πολύ, αλλά δεν μπορώ να έρθω στο δείπνο, έγραψε. Αύριο;

Κανένα πρόβλημα. Τι τρέχει;

Έχω μια συνάντηση.

Για τη δουλειά;

Περίπου.

Πολύ μυστηριώδες... Έστειλα μήνυμα.

Εγώ είμαι, ο κύριος Μυστηριώδης.

Εντάξει, κ. Μ., πάρε με αργότερα.

Εξαρτάται. Τι θα φορέσεις;

Θα πρέπει να μου τηλεφωνήσεις για να μάθεις, έγραψα.

Τότε θα πρέπει να κάνουμε Skype, απάντησε ο Κιπ.

Θέματα εμπιστοσύνης; Lol

Όχι, θέματα λαγνείας.

Ακούγεται σαν σοβαρό πρόβλημα, απάντησα.

Είναι... είπε.

Υποθέτω ότι καλύτερα να πάμε στο Skype τότε.

Εξαιρετική ιδέα! Ο Κιπ έγραψε.

Χαίρομαι που το σκέφτηκα, απάντησα.

ΚΕΦΆΛΑΙΟ 5

Αλλά ο Κιπ δεν εμφανίστηκε μέσω Skype, ούτε τηλεφώνησε. Καθώς περνούσε η νύχτα, πέρασα από το να νιώθω ενοχλημένη που το ξέχασε, στο να θυμώνω που με απογοήτευσε, και τέλος στο να φοβάμαι ότι βρίσκεται αναίσθητος σε κάποιο χαντάκι. Ταλαντεύτηκα ανάμεσα στην ανησυχία και την πληγωμένη υπερηφάνεια μέχρι τα μεσάνυχτα, όταν η ανησυχία τελικά με κυρίευσε. Ενώ ήταν δελεαστικό να στείλω στο αγνοούμενο αγόρι μου ένα σαρκαστικό μήνυμα, όπως: "Ξέχασες κάτι;". --αποφάσισα να μην το κάνω, στην περίπτωση που είχε μια καλή δικαιολογία ή είχε όντως πρόβλημα. Αντ' αυτού, επέλεξα το "Τι σου συνέβη;", το οποίο θα μπορούσε να ερμηνευτεί ως ανησυχία ή θυμό. Με αυτόν τον τρόπο, είχα καλύψει όλες τις βάσεις μου.

Μου απάντησε σχεδόν αμέσως: "Λυπάμαι, Τζέιμι". Η δουλειά είναι εκτός ελέγχου και συμβαίνουν και άλλα πράγματα. Θα μιλήσουμε αύριο, το υπόσχομαι. Χο

Σοβαρά, αυτή ήταν η δικαιολογία του;

Πόσο αγχωτική θα μπορούσε να είναι η δουλειά του ώστε να μην μπορεί να τηλεφωνήσει ή να στείλει έστω ένα μήνυμα; Θέλω να πω, γι' αυτό δεν δουλεύουν οι άνθρωποι για το κράτος, για να μπορούν να φεύγουν στις 5:00; Δεν ήξερα τι συνέβαινε, αλλά ήξερα ότι θα τα έχανα τελείως αν απαντούσα στο μήνυμά του, οπότε δεν το έκανα. Αντ' αυτού, του έδωσα την (εικονική) σιωπηλή μεταχείριση και ήλπιζα ότι θα το πρόσεχε.

Πρέπει να εξηγήσω ότι, μέχρι εκείνη τη στιγμή, ο Κιπ ήταν ο ιδανικός φίλος: διακριτικός, ρομαντικός, διασκεδαστικός, αξιόπιστος (!). Στο πρώτο μας ραντεβού, με είχε πάει για ιππασία στο Tradewinds Park, διδάσκοντάς μου υπομονετικά τα βασικά της ιππασίας, ενώ ξαναγνωριζόμασταν (είχαμε συναντηθεί για τελευταία φορά στο λύκειο). Δεν θα μπορούσα να ήμουν πιο χαρούμενη (ή πιο έκπληκτη) όταν μου ζήτησε να βγούμε ξανά, ειδικά αφού συνειδητοποίησε ότι είμαστε πολικά αντίθετοι: είναι περιπετειώδης και αθλητικός, πάντα ψάχνει για μια έκρηξη αδρεναλίνης, ενώ εγώ είμαι μια σπιτόγατα με φόβο για τα ύψη και τους αρουραίους (μεταξύ άλλων) που θεωρεί ότι μια βόλτα στο Barnes and Noble είναι μια διασκεδαστική στιγμή. Προς υπεράσπιση μου, μου αρέσει και ένα καλό "Happy Hour".

Αλλά αυτό δεν ήταν ένα τυπικό ρομάντζο. Ο Κιπ ήταν ο νεοδιορισθείς διευθυντής των πάρκων και έπρεπε να εξοικειωθεί με καθένα από τα τριάντα δύο πάρκα και τις φυσικές περιοχές της κομητείας **Broward**, οπότε αυτό έγινε το κανονικό μας ραντεβού το Σάββατο. Σύντομα βρέθηκα τουρίστρια στην ίδια μου την πόλη, και ήταν καταπληκτικό! Χρησιμοποιήσαμε κάθε διαθέσιμο μεταφορικό μέσο -ποδήλατα, βάρκες, τραμ- και στη συνέχεια πεζοπορήσαμε μέχρι που τα πόδια μου παρακαλούσαν για έλεος, περπατώντας μέσα από θαμνότοπους, βάλτους, αιώρες και πευκοδάση.

Δοκιμάσαμε ό,τι είχαν να προσφέρουν τα πάρκα. Κάναμε θαλάσσιο σκι στο Quiet Waters Park, κάναμε βόλτα με αερόπλοιο στο Everglades Holiday Park, κάναμε πατινάζ στο Brian Piccolo Park και πήγαμε για σκοποβολή στο Markham Park. Πήγαμε στο ετήσιο Chili Cook-Off, στο ζωολογικό κήπο και, το αγαπημένο μου, στο Butterfly World. Είχαμε προγραμματίσει να πάμε στο Αναγεννησιακό Φεστιβάλ το επόμενο Σάββατο, αλλά αυτή η κοπέλα δεν ήταν σίγουρη ότι θα πήγαινε ακόμα. Ήταν πολύ θυμωμένη.

Ήταν μία το πρωί, κάτι που δεν βελτίωσε καθόλου τη διάθεσή μου. Σε αντίθεση με τους περισσότερους ανθρώπους, όσο πιο αργά μένω ξύπνια, τόσο πιο ξύπνια είμαι- δεν έχει νόημα να προσπαθώ να κοιμηθώ- έτσι είμαι καλωδιωμένη. Δυστυχώς, ήμουν πολύ ζαλισμένη για να διαβάσω ένα βιβλίο και στην τηλεόραση δεν υπήρχε τίποτα άλλο εκτός από επαναλήψεις και διαφημίσεις, οι οποίες είναι δυνατές και ενοχλητικές οποιαδήποτε ώρα της ημέρας. Τουλάχιστον είχα παρέα- ντρέπομαι να πω ότι έχω αναγκάσει και τη γάτα μου σε αϋπνία. Όποτε είμαι ξύπνια, ο κύριος Πατούσας είναι δίπλα μου και δεν νομίζω ότι ένα ζεστό μπάνιο ή ένα τσάι χαμομηλιού θα του έκανε καλό. Ένας Θεός ξέρει, ποτέ δεν λειτούργησαν για μένα.

Με περιορισμένες επιλογές, άνοιξα τον υπολογιστή μου, ελπίζοντας να βρω κάτι κουτσομπολίστικο και ελαφρύ να διαβάσω πριν καταφύγω στο YouTube. Κάθε φορά που δεν μπορώ να κοιμηθώ, ψάχνω για παλιές τηλεοπτικές εκπομπές που έβλεπα με τη μαμά μου όταν ήμουν μικρή, γιατί πάντα μου φτιάχνουν τη διάθεση. Έχουν περάσει τρία χρόνια από τότε που πέθανε, αλλά ακόμα μου λείπει τόσο πολύ.

Παρατήρησα ένα νέο e-mail που δεν υπήρχε μισή ώρα νωρίτερα. Δεδομένου ότι τα e-mail μου πηγαίνουν στο τηλέφωνό μου, συνήθως τα βλέπω αμέσως (ναι, είμαι λίγο εμμονική). Ίσως και ο αποστολέας να είχε αϋπνίες, αλλά το πιθανότερο είναι ότι επρόκειτο για spam. Αν δεν ήξερα την πηγή, δεν είχα καμία πρόθεση να κατεβάσω συνημμένα αρχεία, να κάνω κλικ σε συνδέσμους ή να στείλω χρήματα εκτός χώρας σε έναν "φίλο" που τον είχαν "ληστέψει". Νέες απάτες εμφανίζονταν κάθε μέρα, μερικές από αυτές απευθύνονταν ειδικά σε δικηγόρους. Δεδομένου ότι κάθε δικηγόρος στη Φλόριντα είναι καταχωρημένος στον ιστότοπο του δικηγορικού συλλόγου, οι διευθύνσεις ηλεκτρονικού ταχυδρομείου μας δεν είναι μυστικές. Για το λόγο αυτό, οι περισσότεροι δικηγόροι διατηρούν δύο λογαριασμούς ηλεκτρονικού ταχυδρομείου, έναν για την εργασία και έναν για προσωπική χρήση, αλλά εγώ είχα μόνο μία διεύθυνση για να κρατήσω τα πράγματα απλά.

Δεν αναγνώρισα τη διεύθυνση ηλεκτρονικού ταχυδρομείου, η οποία ήταν περίεργη. Αντί για όνομα, υπήρχαν μόνο τρία γράμματα: I-C-U@gmail.com. Δεν θα το είχα ανοίξει, εκτός από το θέμα: "Αναφορικά με τον Κιπ Σίμονς ". Το στομάχι μου έκανε μια μικρή ανατροπή, περί τίνος επρόκειτο; Έκανα κλικ στο ηλεκτρονικό μήνυμα και στη συνέχεια πήρα την ανάσα μου. Υπήρχαν φωτογραφίες επικολλημένες στο e-mail, φωτογραφίες που δεν ήξερα ότι υπήρχαν, όλες με εμένα και τον Κιπ! Εκεί ήμασταν, χαϊδεύαμε μια κατσίκα στο ζωολογικό κήπο, επιβιβαστήκαμε στο αερόπλοιο στο Everglades Holiday Park, και απολαμβάναμε τον διαγωνισμό μαγειρικής τσίλι, γελώντας και χορεύοντας με την μπάντα. Τι συνέβαινε εδώ; Αυτό με είχε φρικάρει! Έκανα κύλιση προς τα κάτω για να διαβάσω το κείμενο κάτω από τις φωτογραφίες.

Γεια σου Τζέιμι. Έχω ένα μήνυμα για το αγόρι σου. Πες του να κάνει πίσω! Αν δεν το κάνει, θα συμβούν άσχημα πράγματα. ΜΗΝ ΠΑΣ ΣΤΗΝ ΑΣΤΥΝΟΜΙΑ.

Να θυμάσαι αυτό, όπου κι αν πας, I-C-U! (Σε – Βλε- Πω!

Γαμώτο! Η καρδιά μου έτρεμε και τα χέρια μου έτρεμαν και έπρεπε να παλέψω για τον έλεγχο του σώματός μου, μόνο και μόνο για να ηρεμήσω. Εντάξει, σίγουρα δεν ήμουν πια θυμωμένη με τον Κιπ. Είχε προσπαθήσει να μου πει ότι κάτι συνέβαινε, αλλά αυτό, αυτό ξεπερνούσε την κατανόησή μου. Αν δεν μπορούσαμε να πάμε στην αστυνομία, ήξερα κάποιον που θα μπορούσε να μας βοηθήσει, αλλά ένα πράγμα ήταν σίγουρο - δεν υπήρχε περίπτωση να κοιμηθώ καθόλου!

ΚΕΦΆΛΑΙΟ 6

Το πρώτο πράγμα που έκανα μετά από αυτό (εκτός από τον υπεραερισμό) ήταν να προωθήσω το ανατριχιαστικό e-mail στον Κιπ με θέμα: ΔΙΑΒΑΣΕ ΑΥΤΟ! ΤΗΛΕΦΩΝΗΣΕ ΜΟΥ!! Στη συνέχεια, το χαρακτήρισα ως επείγον (σε περίπτωση που η γραφή με κεφαλαία γράμματα δεν έπιανε το νόημα) και το έστειλα στο προσωπικό e-mail του Κιπ. Αν του το είχα στείλει στη δουλειά, τα e-mail μας θα γίνονταν δημόσια αρχεία που θα μπορούσε να διαβάσει ο καθένας -ακόμα και ο κύριος ICU! Το μόνο που θα έπρεπε να κάνει ήταν να ζητήσει ένα αντίγραφο βάσει του νόμου περί διαφάνειας. Όχι ότι αυτό είχε σημασία- φαινόταν να γνωρίζει ήδη κάθε μας κίνηση.

Ο Κιπ δεν απάντησε, φυσικά (γιατί να απαντήσει στις δύο το πρωί;), αλλά ήξερα ότι θα έβλεπε το μήνυμα όταν θα ξυπνούσε. Πάντα διάβαζε τις ειδήσεις στο διαδίκτυο και έλεγχε το ηλεκτρονικό του ταχυδρομείο πριν πάει στη δουλειά. Τώρα, έπρεπε απλώς να βρω έναν τρόπο να αποσπάσω την προσοχή μου για τις επόμενες τέσσερις ώρες. Άνοιξα την ντουλάπα με τις χειροτεχνίες μου, όπου είχα περίπου ένα εκατομμύριο ημιτελή σχέδια που κυμαίνονταν από σταυροβελονιά μέχρι σαπωνοποιία και βαφή με γραβάτα, μια μόδα τόσο ξεπερασμένη που ήταν ξανά στη μόδα. Υπήρχαν μισο-πλεγμένα πουλόβερ για τα μωρά που τώρα πήγαιναν στο κολέγιο, νήματα για να πλέξω με βελονάκι αφγκάν για τους σκληρούς χειμώνες της Φλόριντα και ένα καλάθι με υλικά διακόσμησης κέικ για τη βραχύβια καριέρα μου στη ζαχαροπλαστική. Όσο κι αν είχα προσπαθήσει, τα τριαντάφυλλα της επικάλυψης μου είχαν πάντα μετατραπεί σε γαρδένιες -για να μην αναφέρω τα πέντε κιλά που είχα πάρει από το να τρώω τα λάθη μου. Υπήρχαν κουτιά και κουτιά αφιερωμένα στο scrapbooking, ένα χόμπι που είχα σκοπό να δοκιμάσω (και ξόδεψα έναν κουβά λεφτά γι' αυτό), αλλά δεν είχα καν ξεκινήσει. Ίσως θα μπορούσα να πουλήσω τα πράγματα στο E-Bay σε κάποιο άλλο παραπλανημένο άτομο που θα προτιμούσε να καταγράφει τη ζωή του παρά να τη ζει πραγματικά.

Παραιτήθηκα και έκλεισα την πόρτα της ντουλάπας, με το μυαλό μου ακόμα να σαστίζει από τη σκέψη ότι με παρακολουθούσαν και με απειλούσαν. Με έκανε να αναρωτιέμαι αν με παρακολουθούσαν εκείνη τη στιγμή και ανατρίχιασα. Επειδή είσαι παρανοϊκή, δεν σημαίνει ότι δεν έχουν βάλει στόχο να σε πιάσουν- είχα ακούσει αυτή τη φράση τόσες φορές, αλλά τώρα την κατάλαβα. Πω πω, το κατάλαβα ποτέ! Απελπισμένη για έναν αντιπερισπασμό, μπήκα στο YouTube για να ψάξω για έναν καταπραϋντικό καθοδηγούμενο διαλογισμό. Βρήκα ένα βίντεο που συνοδεύονταν από μια προειδοποίηση: Μην το ακούτε ενώ οδηγείτε ή χειρίζεστε βαριά μηχανήματα. Φαινόταν τόσο σίγουροι για τον εαυτό τους που αποφάσισα να το δοκιμάσω. Περίπου τριάντα δευτερόλεπτα μετά, ένιωσα ότι ήθελα να πετάξω κάτι στον υπολογιστή. Ήταν τόσο ενοχλητικό.

Τότε βρήκα ακριβώς αυτό που χρειαζόμουν: βίντεο με τους αγαπημένους μου κωμικούς, τον Τζιμ Γκάφιγκαν, τον Μάικ Μπιρμπίγκλια και τον αείμνηστο, σπουδαίο, Μιτς Χέντμπεργκ. Αυτοί οι τύποι πάντα με έκαναν να ξεσπάσω σε γέλια. Αυτό είναι κλασικό Μιτς Χέντμπεργκ: "Αγόρασα οκτώ μήλα στο μανάβικο και ο ταμίας με ρώτησε αν χρειάζομαι σακούλα. Είπα, "Όχι, φίλε, κάνω ζογκλερικά!"". Ή ο Τζιμ Γκάφιγκαν που εξηγεί πως το κέικ είναι ένα πραγματικό σύμβολο της λαιμαργίας. "Αν φας μια ολόκληρη πίτσα, οι άνθρωποι θα πουν: "Ουάου, πεινούσες!". Αλλά αν φας ένα ολόκληρο κέικ, θα πουν: "Έχεις πρόβλημα!"".

Πριν το καταλάβω, είχε ξημερώσει και το τηλέφωνό μου χτυπούσε, καλά, όχι ακριβώς χτυπούσε- έπαιζε το Κοντσέρτο Βρανδεμβούργου #1 του Μπαχ (ο νέος μου ήχος κλήσης). Ήταν τόσο ζωντανό που σχεδόν πετάχτηκα. Ο καημένος ο κύριος Πατούσας γλίστρησε από την αγκαλιά μου στο πάτωμα.

Ήξερα ότι έπρεπε να είχα επιλέξει το Κοντσέρτο #2.

Ήταν ο Κιπ που καλούσε, ακριβώς στην ώρα του.

"Θεέ μου, Τζέιμι", είπε λαχανιασμένος, "μόλις είδα το e-mail! Θέλεις να έρθω; Είσαι καλά; Λυπάμαι πολύ που σε έμπλεξα σ' αυτό, μωρό μου. Θέλω να σκοτώσω αυτόν τον τύπο που σε τρόμαξε!" Η φωνή του έτρεμε από θυμό.

Ένιωθα εκπληκτικά ήρεμη, πιθανώς επειδή είχα τους φίλους μου, τον Τζιμ, τον Μάικ και τον Μιτς, να μου λένε αστεία όλη τη νύχτα, ενώ ο Κιπ ακόμα αντιμετώπιζε το αρχικό σοκ. Αυτό ήταν πριν από τέσσερις ώρες...

"Είμαι εντάξει τώρα - πραγματικά, είμαι", είπα, "αλλά θα ήθελα πολύ να μάθω, σε τι ακριβώς με έχουν παρασύρει; Τι συμβαίνει, Κιπ; Αυτό είναι τόσο παράξενο!" Πήγα στην κουζίνα για να ταΐσω τη γάτα και να φτιάξω ένα φλιτζάνι τσάι με κανέλα. Έβαλα τον Κιπ στην ανοιχτή ακρόαση και κρατούσα το ζεστό φλιτζάνι ενώ ρουφούσα από αυτό. Αυτό ήταν ωραίο.

Έκανε μια παύση, σαν να αποφάσιζε τι να μου πει. "Είναι περίπλοκο, Τζέιμι. Συμβαίνουν τόσα πολλά στη δουλειά, και όλα είναι άσχημα. Δεν ξέρω ποιος έστειλε αυτό το e-mail ή πώς πήρε αυτές τις φωτογραφίες, αλλά θα το μάθω, το υπόσχομαι! Μπορούμε να συναντηθούμε για μεσημεριανό γεύμα, ώστε να μιλήσουμε περισσότερο;"

"Ακούγεται καλό, πού;"

"Υπάρχει ένας ινδικός μπουφές στην University Drive, λέγεται Woodlands".

"Τέλεια, θα σε δω το μεσημέρι."

"Μου λείπεις, ανυπομονώ να σε δω, κυρία Κουίν."

Χαμογέλασα. "Ανυπομονώ να σας δω, κ. Σίμονς."

Τελείωσα το τσάι μου, βούρτσισα τα δόντια μου και έκλεισα το τηλέφωνο. Αφού έβαλα το ξυπνητήρι για έναν τρίωρο ύπνο, τυλίχτηκα στο αγαπημένο μου πάπλωμα και έπεσα στο κρεβάτι, με την άϋπνη γάτα μου να κουλουριάζεται δίπλα μου.

Ήμουν ένα νευρικό, εξαντλημένο χάλι μετά την άγρυπνη νύχτα μου, ένα κορίτσι ζόμπι με μάτια που έκαιγαν και έναν δυνατό πονοκέφαλο (μπορούν τα ζόμπι να έχουν πονοκεφάλους;). Ως εκ θαύματος, όμως, μετά από λίγες ώρες ύπνου, ένιωσα να αποκαθίσταμαι σε ένα πλήρως λειτουργικό άτομο (όσο ήμουν ποτέ) και ξύπνησα πεινασμένη. Δεν ξέρω πόσες θερμίδες είχα κάψει όντας ένα νευρικό ράκος, αλλά πρέπει να ήταν πάρα πολλές. Σίγουρα δεν είναι μια δίαιτα που θα συνιστούσα.

Δεν μου πήρε καθόλου χρόνο να ετοιμαστώ, ένα γρήγορο ντους, μια χούφτα δημητριακά και μια ματιά στα e-mail μου (τίποτα επείγον ή τρομακτικό αυτή τη φορά, ευτυχώς) και έφυγα για να συναντήσω τον Κιπ. Όσο ανυπόμονη κι αν ήμουν να τον δω, πρέπει να παραδεχτώ ότι ανυπομονούσα και για τον ινδικό μπουφέ. Η πρόβλεψη για το πρωί της Τετάρτης προέβλεπε διάσπαρτες βροχές, αλλά ο ουρανός φαινόταν καθαρός και ηλιόλουστος. Δεν με ενδιέφερε τίποτα από τα δύο, αφού είχα τρεις ομπρέλες διαφόρων μεγεθών στο αυτοκίνητό μου. Αυτή ήταν η νότια Φλόριντα, μωρό μου, όπου η ξηρή περίοδος δεν είναι ακριβώς ξηρή.

Είχα ντυθεί με casual ρούχα γραφείου, ένα βασιλικό μπλε παντελόνι και άνετα παπούτσια, καθώς σκόπευα να πάω στη δουλειά μετά το μεσημεριανό γεύμα. Ήξερα ότι αν δεν το έκανα, το αφεντικό μου θα με απέλυε επειδή ήμουν τεμπέλα. Αρκετά ντροπιαστικό, αφού εγώ ήμουν το αφεντικό. Για να είμαι ειλικρινής, η έλλειψη κινήτρων είχε αρχίσει να γίνεται σοβαρό πρόβλημα. Παλιά και μόνο η σκέψη ότι έπρεπε να δουλεύω για κάποιον άλλο, αλυσοδεμένος σε ένα γραφείο όλη μέρα, ήταν αρκετή για να με κάνει να βγάλω το μολύβι έξω, αλλά όχι τελευταία. (Αν τυχαίνει να είστε πελάτης μου, μην ανησυχείτε, σίγουρα δουλεύω για την περίπτωσή σας).

Μιλώντας για κίνητρο, η προσοχή μου ήταν τώρα εστιασμένη σαν λέιζερ στον ανατριχιαστικό μας διώκτη. Μου φάνηκε περίεργο που έμπαινε σε τόσο μεγάλο κόπο για να με εκφοβίσει, ενώ το μόνο που ήθελε ήταν να κάνει πίσω ο Κιπ. Να κάνει πίσω τι; Αναρωτήθηκα. Και ποιος ήταν αυτός... ένας υπάλληλος της κομητείας Broward; Ο βάνδαλος του πάρκου; Ήξερε να στέλνει απειλητικά e-mail, σίγουρα, αλλά τι άλλο ήταν ικανός να κάνει; Καθώς σκεφτόμουν αυτά και άλλα ερωτήματα, το τηλέφωνό μου χτύπησε. Ήταν ένα μήνυμα από τον Κιπ που με ρωτούσε αν θα τον έπαιρνα και αν είχα χρόνο να περάσω.

Απάντησα ναι και στα δύο. Δεν είχα πάει ποτέ στο γραφείο του Κιπ και σκέφτηκα ότι θα μπορούσα να ελέγξω το προσωπικό όσο θα ήμουν εκεί. Ίσως ο κύριος I-C-U να δούλευε πραγματικά με τον Κιπ - πώς αλλιώς θα μπορούσε να παρακολουθεί κάθε μας κίνηση; Ίσως απλά μπήκε στο e-mail του Κιπ. Ναι, καλά, , Τζέιμι! Λοιπόν, άξιζε πάντως να ρίξω μια ματιά, και το "αφεντικό" μου δεν θα το πείραζε αν ερχόμουν λίγο αργότερα. Εντάξει, θα την πείραζε, αλλά το είχε συνηθίσει πια. Με τόσο χαμηλές προσδοκίες, δεν θα μπορούσε να απογοητευτεί πια.

Το γραφείο του Κιπ δεν ήταν πολύ μακριά από το εστιατόριο, οπότε αντί να πάω κατευθείαν προς την University Drive, θα έπρεπε να παρακάμψω μερικά τετράγωνα προς την Pine Island Drive πριν κάνω τον κύκλο της επιστροφής. Οι δρόμοι ήταν γεμάτοι με κίνηση το μεσημέρι, αλλά τα φανάρια έμεναν πράσινα και έκανα εξαιρετικό χρόνο. Φαινόταν ότι θα ερχόμουν νωρίς για μια φορά.

Δεν δυσκολεύτηκα να βρω το πενταώροφο κτίριο όπου τα Parks & Rec νοίκιαζαν ένα γραφείο για τη διοίκησή τους. Οι υπόλοιποι τριακόσιοι υπάλληλοί τους ήταν διασκορπισμένοι σε όλη την κομητεία στα διάφορα πάρκα, γεγονός που καθιστούσε το τμήμα ένα από τα μεγαλύτερα και πιο δύσκολα διαχειρίσιμα. Όπως θα έλεγε ο Κιπ, δεν ήταν περίπατος στο πάρκο.

Η ρεσεψιονίστ δεν ήταν στο γραφείο της, οπότε μπήκα μέσα. Αντίθετα, κάθε φορά που πήγαινα στο δικαστήριο, έπρεπε να περνάω δίπλα από οπλισμένους βουλευτές και να περνάω από ανιχνευτή μετάλλων (με πιθανή περιποίηση), αλλά, στο γραφείο του Κιπ, κανείς δεν με πρόσεξε καν. Το γραφείο ήταν ακριβώς αυτό που περίμενα: χρηστικό και βαρετό, με γκρίζους τοίχους και γκρίζα έπιπλα και μια ανοιχτή κάτοψη χωρισμένη σε καμπίνες. Υπήρχαν δύο "γραφεία" που είχαν πόρτες στον απέναντι τοίχο, αλλά με χωρίσματα τριών τετάρτων που σταματούσαν κοντά στο ταβάνι δεν μπορούσαν να χαρακτηριστούν πραγματικά γραφεία. Το καθαρό αποτέλεσμα ήταν να μην υπάρχει καμία απολύτως ιδιωτικότητα- όλοι μπορούσαν να ακούσουν τα πάντα. Αυτοί οι σπονδυλωτοί τοίχοι ήταν η χειρότερη ιδέα στο σχεδιασμό χώρων εργασίας που υπήρξε ποτέ. Θα το ήξερα - είχα δουλέψει σε ένα γραφείο σαν αυτό του Κιπ για περίπου ένα χρόνο και όποτε ήθελα να μιλήσω με τον προϊστάμενό μου ιδιαιτέρως, έπρεπε να πάμε με το ασανσέρ για να μπορέσουμε να μιλήσουμε. Πόσο τρελό είναι αυτό; Στοιχηματίζω ότι υπάρχει ένα κόμικ του "Dilbert" ακριβώς πάνω σε αυτό το σημείο. Πιθανώς περισσότερα από ένα.

Υπέθεσα ότι το γραφείο του Κιπ ήταν το μεγαλύτερο και κατευθύνθηκα προς τα πίσω. Το αφεντικό έχει πάντα παράθυρο με θέα, όλοι το ξέρουν αυτό. Καθώς περνούσα το πρώτο γραφείο, διάβασα το όνομα στην πόρτα: Κουίνσι Τζέιμς, Βοηθός Διευθυντή. Μπορούσα να δω τον ίδιο τον Κουίνσι μέσα από το τζάμι, έναν μεσήλικα άντρα με αραιά μαλλιά και παχιά επιδερμίδα, σαν να μην έβγαινε ποτέ έξω. Ειρωνεία, αν σκεφτεί κανείς ότι δούλευε για το Τμήμα Πάρκων. Ο Κουίνσι δεν ήταν ακριβώς κομψός στο ντύσιμό του, με το τσαλακωμένο κοστούμι του και τα χοντρά μαύρα γυαλιά (τα παλιομοδίτικα, όχι τα cool του Κλαρκ Κεντ), και μιλούσε στο κινητό του τηλέφωνο.

Πάντα προσπαθώ να δίνω στους ανθρώπους το πλεονέκτημα της αμφιβολίας (πραγματικά, το κάνω), αλλά υπήρχε κάτι στον Κουίνσι Τζέιμς που με έκανε αμέσως να ξεσηκωθώ. Φαινόταν τόσο αυτάρεσκος, τόσο γεμάτος με τον εαυτό του που ήθελα να τον χαστουκίσω. Εντάξει, ήμουν λίγο νευρική, έπρεπε να συνεχίσω να περπατάω.

Όταν έφτασα στη δεύτερη πόρτα, αυτή που έγραφε το όνομα του Κιπ, κοίταξα μέσα από το γυάλινο πλαϊνό τζάμι και η καρδιά μου χτύπησε δυνατά, αλλά αυτό συνέβαινε πάντα όταν έβλεπα τον Κιπ. Για μένα, θα ήταν για πάντα ο μαυρισμένος δεκαοκτάχρονος ναυαγοσώστης με το όμορφο χαμόγελο και τα ανακατεμένα μαλλιά, η πρώτη μου αγάπη. Τώρα, στα τριάντα πέντε του, ήταν ακόμα μαυρισμένος, ακόμα χαμογελαστός (αν και όχι τόσο πολύ τελευταία) και ακόμα έκανε την ανάσα μου να κόβεται. Το χέρι μου ήταν στην πόρτα έτοιμο να μπει μέσα, όταν συνειδητοποίησα ότι μιλούσε σε κάποιον που δεν ήταν στην αρμοδιότητά μου. Αν ο Κιπ ήταν σε κάποια συνάντηση, δεν ήθελα να τον διακόψω, οπότε αποφάσισα να περιμένω. Εξάλλου, ήρθα νωρίς. Είδα ότι καθόταν στο γραφείο του, κοιτάζοντας κάποια χαρτιά και μελετώντας τα έντονα.

"Είσαι σίγουρος ότι δεν υπάρχει κάποιο λάθος;" ρώτησε με σιγανή φωνή, ακούγοντας αγχωμένος.

Η φωνή μιας νεαρής γυναίκας απάντησε τόσο σιγά, που με δυσκολία την άκουγα. "Φοβάμαι πως όχι. Πρέπει να αναλάβεις δράση, Κιπ".

Ο Κιπ χαμήλωσε ακόμη περισσότερο τη φωνή του, σχεδόν σε ψίθυρο: "Αλλά είναι αυτό αρκετό για να τον ρίξει; Ο Μπέντζαμιν Γουλφ δεν είναι ένας οποιοσδήποτε άθλιος εργολάβος - έχει βρωμιές για κάθε πολίτη της πόλης. Όλοι τον φοβούνται".

Η γυναίκα ήρθε στο προσκήνιο καθώς έσκυψε το κεφάλι της για να επισημάνει κάτι στα χαρτιά και αγκομαχούσα. Ήταν πανέμορφη! Ασιατικής καταγωγής, γύρω στα είκοσι, με αψεγάδιαστο δέρμα, λεπτεπίλεπτα χαρακτηριστικά και μακριά, μαύρα, μεταξένια μαλλιά βγαλμένα κατευθείαν από διαφήμιση σαμπουάν, έμοιαζε με σταρ του κινηματογράφου. Το πρόσωπό της ήταν τόσο κοντά στο πρόσωπο του Κιπ που θα μπορούσε να τον φιλήσει και ενώ δεν είμαι ζηλιάρα, είχα την ανάγκη να της δώσω ένα (απαλό) σπρώξιμο καθώς της εξηγούσα (ήρεμα): "Κάτω τα χέρια, είναι πιασμένος!". Όπως είπα, ήμουν λίγο νευρική.

"Μην ανησυχείς", είπε, "βρήκαμε κάποιον πρόθυμο να συνεργαστεί μαζί μας, αρκεί να μην αναφέρουμε το όνομά του".

"Ό,τι χρειαστεί", είπε ο Κιπ με σθένος.

Με αυτό, η συνάντηση τελείωσε. Η γυναίκα κατευθύνθηκε προς την πόρτα και εγώ έκανα μερικά βήματα πίσω για να μην καταλάβει ότι την άκουγα. Καθώς βγήκε στο διάδρομο, ήρθαμε σε οπτική επαφή. Μου έριξε ένα ευγενικό χαμόγελο και απομακρύνθηκε γρήγορα. Την ίδια στιγμή, ο Κουίνσι Γκρέιβς έσκασε από την πόρτα του και παραλίγο να με ρίξει κάτω. Δεν ζήτησε συγγνώμη ούτε καν με αναγνώρισε καθώς έφυγε βιαστικά, γεγονός που απλώς επιβεβαίωσε την αρχική μου εκτίμηση ότι ήταν ένας γάιδαρος.

Μπήκα στο γραφείο του Κιπ και του είπα: "Γεια σου, είσαι έτοιμος να φύγουμε; Πεινάω σαν αρκούδα!"

Όταν με είδε, ο Κιπ εμφανώς χαλάρωσε, αν και μπορούσα να δω ακόμα κάποια ένταση γύρω από τα μάτια του. Χαμογέλασε και με αγκάλιασε. "Μια αρκούδα σε χειμερία νάρκη; Τρομακτικό! Καλύτερα να σε ταΐσουμε".

Καθώς φεύγαμε, περάσαμε από το γραφείο του Κουίνσι Γκρέιβς και του είπα: "Ο γείτονάς σου είναι πραγματικό βραβείο, ε;".

Ο Κιπ με κοίταξε. "Πώς το ξέρεις;"

"Επειδή σχεδόν με πάτησε πάνω του στη βιασύνη του να φύγει. Εγώ φταίω, ξέχασα να βγάλω τον αόρατο μανδύα μου".

"Έφυγε; Ενδιαφέρον..."

Ένιωθα ότι μου άξιζε λίγη συμπάθεια, αλλά ο Κιπ έδειχνε παράξενα ευχαριστημένος από τα νέα, οπότε το άφησα να περάσει.

Μόλις φτάσαμε στο χώρο στάθμευσης, επανήλθε στο φυσιολογικό του. "Θα λατρέψεις τον μπουφέ στο Γούντλαντς, Τζέιμι. Είναι φανταστικός, όλα είναι χορτοφαγικά".

"Νάμ! Πώς το βρήκες αυτό το μέρος;"

Ο Κιπ έδειχνε λίγο ταραγμένος. "Εμ, έφαγα εκεί την περασμένη εβδομάδα με μια συνάδελφο, είχαμε μια συνάντηση για μεσημεριανό γεύμα".

"Ω; Ποια ήταν αυτή;" Ρώτησα, αρκετά σίγουρη ότι ήξερα ήδη.

"Η Τζαγιασχρέ Πατέλ, ο νέος σύνδεσμος της κομητειακής επιτροπής. Μετακόμισε πρόσφατα εδώ από την Ουάσινγκτον. Μπορεί να την είδες να φεύγει από το γραφείο μου".

"Ναι, την είδα. Αν μόλις μετακόμισε εδώ, πώς ήξερε για το ινδικό εστιατόριο;"

Ο Κιπ γέλασε. "Λοιπόν, είναι Ινδή, για αυτό".

ΚΕΦΑΛΑΙΟ 8

"Επειδή είναι Ινδή, δεν σημαίνει ότι ξέρει όλα τα ινδικά εστιατόρια της πόλης", σχολίασα.

Είχαμε φορτώσει τα πιάτα μας και καθόμασταν ο ένας απέναντι από τον άλλον σε έναν πάγκο με μια πολύχρωμη μεταξωτή κουρτίνα. Ήθελα να απολαύσω το πικάντικο άρωμα κάρυ που γέμιζε τα ρουθούνια μου με την υπόσχεση περίπλοκων και απολαυστικών γεύσεων, αλλά το στομάχι μου που γουργούριζε μου φώναζε να βιαστώ και να φάω κιόλας, οπότε το έκανα. Η απόλαυση θα έπρεπε να περιμένει για το δεύτερο ταξίδι μου στον μπουφέ.

"Σίγουρα", είπε ο Κιπ.

Μου έδωσε ένα ναάν από το καλάθι με το ψωμί στο τραπέζι και μετά πήρε ένα για τον εαυτό του. Το ναάν έμοιαζε με μια μεγάλη πίτα, αλλά, σε αντίθεση με την πίτα, ήταν μαλακό και μαστιχωτό, ζεστό και νόστιμο. Το γεύμα μου ήταν απίστευτα καλό, ή αλλιώς ήμουν απλώς πεινασμένος. Ο Θερβάντες είχε δίκιο- η πείνα είναι πραγματικά η καλύτερη σάλτσα.

"Λοιπόν;" ρώτησα, αφού έφαγα τις πρώτες πεινασμένες μπουκιές μου. "Ποια είναι η ιστορία; Θα εμφανιστούν αύριο οι φωτογραφίες μου που χορταίνω το πρόσωπό μου σήμερα ως εκβιασμός;"

Μελέτησα κρυφά τους ανθρώπους στα άλλα τραπέζια (δεν μπορούσα να κάνω αλλιώς), αλλά κανείς δεν έδειχνε να ενδιαφέρεται για εμάς. Όλοι ήταν απασχολημένοι με το να μιλάνε και να τρώνε. Ο Κιπ άφησε το πιρούνι του κάτω και έφτασε πάνω από το τραπέζι για να πιάσει το χέρι μου, με τα ζεστά καστανά μάτια του καρφωμένα στα δικά μου.

"Λυπάμαι πολύ, Τζέιμι. Ξέρω ότι το λέω συνέχεια, αλλά το εννοώ. Το τελευταίο πράγμα που ήθελα ήταν να σε ενοχλήσει κανείς. Τα εργασιακά μου προβλήματα δεν είναι δικό σου πρόβλημα. Νομίζω ότι πρέπει να καλέσουμε την αστυνομία".

Του έσφιξα το χέρι. "Δεν είμαι σίγουρη ότι συμφωνώ." Ο "κύριος I-C-U " υποσχέθηκε ότι κάτι κακό θα συμβεί αν το κάνουμε και, ειλικρινά, τον πιστεύω. Κοίτα, έχω έναν φίλο, τον Ντιούκ Μπρουσάρντ, ο οποίος είναι ιδιωτικός ντετέκτιβ και είμαι σίγουρη ότι θα μας βοηθήσει. Γιατί να μην τον ρωτήσω; Θα μπορούσαμε να πάμε στο πανηγύρι της Αναγέννησης το Σάββατο, όπως είχαμε σχεδιάσει, αλλά να βάλουμε τον Ντιούκ να προσέχει για οποιονδήποτε περίεργο".

Ο Κιπ ξέσπασε σε γέλια. "Έχεις πάει ποτέ σε αναγεννησιακό φεστιβάλ; Όλοι είναι παράξενοι! Αυτοαποκαλούνται 'larpers' -το LARP είναι η συντομογραφία για το live action role play (Παιχνίδι Ζωντανών ρόλων) - και ντύνονται με μεσαιωνικές στολές για να προσποιούνται ότι είναι σιδεράδες, μάγοι και ιππότες. Είναι σπασίκλες στο φυσικό τους περιβάλλον--όπως οι Trekkies σε ένα συνέδριο του Star Trek--μόνο που μιλούν Αρχαία Αγγλικά αντί για Κλίνγκον".

Χασκογέλασα. "Κι αν οι Trekkies πήγαν κατά λάθος στο Αναγεννησιακό Φεστιβάλ και ζητούσαν οδηγίες για το συνέδριο του Star Trek;"

"Θα ρωτούσαν στα Κλίνγκον;"

"Φυσικά", απάντησα.

"Τότε θα ξεσπούσε η κόλαση! Οι Κλίνγκον θα άρχιζαν να κουνάνε τα ψεύτικα όπλα τους και οι ιππότες θα αντεπιτίθεντο με τα ψεύτικα σπαθιά τους. Κάποιος θα μπορούσε πραγματικά να πληγωθεί".

"Θα πλήρωνα για να το δω αυτό", είπα γελώντας.

"Κι εγώ", τα μάτια του Κιπ χαμογελούσαν από διασκέδαση. Σηκώθηκε τότε και μου πρόσφερε το χέρι του, τόσο ιπποτικά όσο κάθε ιππότης (προσποιητός ή μη) και είπε: "Έτοιμη για επιδόρπιο, μιλαίδη;".

"Είμαι αρκετά χορτάτη, νομίζω ότι θα φάω μόνο μια μπουκιά από το δικό σας", είπα.

Ο Κιπ κούνησε εμφατικά το κεφάλι του. "Ω όχι, δεν θα παίξουμε αυτό το παιχνίδι. Λες ότι θέλεις μια μπουκιά, αλλά μετά καταβροχθίζεις ολόκληρο το επιδόρπιό μου. Θα σου φέρω ένα δικό σου πιάτο".

Ανασήκωσα τους ώμους μου. "Όπως θέλεις. Αλλά πιθανότατα θα φάω και το δικό σου".

"Χμμμ, θα το δούμε αυτό", αντέτεινε καθώς έκανε μια βόλτα προς το τραπέζι με τα επιδόρπια.

Ο Κιπ εξακολουθούσε να μην μου είχε πει τι συνέβαινε στη δουλειά και ήξερα ότι δεν θα μου έδινε εθελοντικά την πληροφορία. Γιατί δεν μπορούσε να καταλάβει ότι τα προβλήματά του ήταν και δικά μου προβλήματα; Ήμασταν μια ομάδα. Αποφάσισα ότι ήταν καιρός να πάρω δικηγόρο. Αν ο Κιπ ήθελε να του συμπεριφέρονται σαν εχθρικό μάρτυρα, τότε ας γίνει έτσι. Θα του έκανα την καλύτερη δυνατή μίμηση του F. Lee Bailey, με λίγη Lucille Ball για πλάκα.

Έβαλε μπροστά μου ένα ασημένιο πιάτο και ένα κουτάλι και κάθισε, χαμογελώντας μου πονηρά. Κρατώντας το κουτάλι στο δεξί του χέρι, χρησιμοποίησε το αριστερό του χέρι για να με εμποδίσει να πλησιάσω το επιδόρπιό του. Δεν έπαιρνε τα μάτια του από πάνω μου καθώς έτρωγε την πρώτη μπουκιά. Σε αντίθεση με μένα, στον Κιπ άρεσε να τρώει αργά. Αυτός ήταν η χελώνα και εγώ ο λαγός.

"Νόστιμο!" είπε, ανάμεσα στις μπουκιές. "Ποιος θα πίστευε ότι οι μπάλες ζύμης που μουλιάζουν σε σιρόπι ζάχαρης θα μπορούσαν να είναι τόσο καταπληκτικές; Χρειάζεται όμως ένα πιο πιασάρικο όνομα. Το 'Gulab jamun' δεν το δικαιώνει".

Δεν είπα λέξη, απλά έφαγα το γλυκό μου χωρίς να κοιτάξω ψηλά, ήταν πραγματικά καταπληκτικό. Όταν βεβαιώθηκα ότι ο Κιπ είχε χαλαρώσει την άμυνά του, ρώτησα αδιάφορα: "Λοιπόν, Κιπ, ποιος θέλει να κάνεις πίσω; Πιστεύεις ότι είναι ο Μπέντζαμιν Γουλφ;"

Ο Κιπ ξαφνιάστηκε τόσο πολύ που του έπεσε το κουτάλι του, το οποίο χτύπησε δυνατά στο πλάι του πιάτου του πριν πέσει στο πάτωμα. Καθώς έσκυβε να το πάρει, άλλαξα τα επιδόρπιά μας.

"Τι στο διάολο, Τζέιμι...;" ξεστόμισε καθώς ξαναβγήκε στην επιφάνεια. "Τι ξέρεις για τον Μπέντζαμιν Γουλφ;"

Απάντησα στην ερώτησή του με τη δική μου. "Πιστεύεις ότι ο βάνδαλος του πάρκου δουλεύει για τον Γουλφ ή είναι μόνος του;" Καθώς περίμενα μια απάντηση, άρχισα το δεύτερο επιδόρπιό μου, το οποίο υποσχόταν να είναι ακόμα καλύτερο από το πρώτο.

"Μη μου πεις ότι κρυφάκουγες στην πόρτα μου;" Ο Κιπ ρώτησε με δυσπιστία.

"Όχι επίτηδες", είπα, σπρώχνοντας προς τα πίσω. "Δεν φταίω εγώ που το γραφείο σου δεν έχει τοίχους".

Ο Κιπ έσκυψε και χαμήλωσε τη φωνή του. "Άκου, Τζέιμι, δεν μπορείς να πεις λέξη σε κανέναν για τον Γουλφ, έχει μάτια σε όλη την πόλη και δεν είναι καλό παιδί. Θα μου το υποσχεθείς αυτό;"

"Φυσικά", ψιθύρισα κι εγώ. "Αλλά πρέπει να

μου πεις τι συμβαίνει. Εγώ είμαι αυτή που δέχομαι απειλητικά μηνύματα, οπότε νομίζω ότι έχω δικαίωμα να ξέρω".

Ο Κιπ αναστέναξε. "Εντάξει, αλλά όχι εδώ, και δεν μπορώ να σου πω τα πάντα. Περίμενε μέχρι να μπούμε στο αυτοκίνητο".

"Εντάξει, και συγγνώμη που σε αναστάτωσα, αλλά κουβαλάς το βάρος του κόσμου μόνος σου και θέλω να βοηθήσω. Σε αγαπώ, το ξέρεις αυτό, έτσι δεν είναι;"

Μου χάρισε ένα μικρό χαμόγελο. "Δεν είμαι τόσο σίγουρος ξέρεις".

"Αλλά θέλω να βοηθήσω... Περίμενε, νομίζεις ότι δεν σε αγαπώ; Γιατί το πιστεύεις αυτό;"

Ο Κιπ έκανε μια γκριμάτσα προς το μέρος μου. "Επειδή μου έκλεψες το γλυκό μου!"

ΚΕΦΑΛΑΙΟ 9

"Τι δεν μου λες;" Ρώτησα. Ήμασταν ακόμα παρκαρισμένοι μπροστά από το εστιατόριο και είχα ανοίξει τον κλιματισμό, αλλά δεν θα πηγαίναμε πουθενά μέχρι να πάρω κάποιες απαντήσεις. Θα μπορούσαμε να πούμε ότι ήταν μια κατάσταση ομηρίας.

Ο Κιπ αναστέναξε. "Κοίτα, Τζέιμι, σου είπα αυτά που ξέρω. Ο Μπέντζαμιν Γουλφ διοικεί αυτή την πόλη εδώ και χρόνια. Βρίσκεται πίσω από κάθε μεγάλο έργο που χτίζεται στην κομητεία Μπρόουαρντ, επειδή η Κατασκευαστική Γουλφ κάνει μεγάλες προεκλογικές συνεισφορές. Το τελευταίο του έργο είναι ο πύργος Sapphire Sky Tower και είναι μια πολιτική καυτή πατάτα. Όχι μόνο θα είναι το ψηλότερο κτίριο στην περιοχή, αλλά θα καταστρέψει και μια ευαίσθητη περιοχή υγροτόπων. Έτσι, για να απαντήσω στην ερώτησή σου, δεν είναι ο βάνδαλος του πάρκου, δεν είναι το στυλ του. Αν ο Γουλφ ήθελε την προσοχή μου, δεν θα ήταν τόσο διακριτικός".

Έπρεπε να γελάσω. "Το να γράφεις το "Δεν με νοιάζει!" στο γρασίδι είναι διακριτικό;"

"Για τον Μπέντζαμιν Γουλφ, είναι."

"Εντάξει, δεν είναι ο βάνδαλος του πάρκου, αλλά πρέπει να είναι ο κύριος I-C-U, σωστά; Ποιος άλλος θα ήθελε να κάνεις πίσω;"

Οι ώμοι του Κιπ έπεσαν. "Πολλοί άνθρωποι θέλουν να κάνω πίσω, αμέτρητοι. Είμαι σχεδόν έτοιμος να εγκαταλείψω το Τμήμα Πάρκων, είναι αδύνατον να το διορθώσω".

Πραγματικά τον ένιωσα, φαινόταν τόσο ταλαιπωρημένος. Του έσφιξα το χέρι. "Μωρό μου, αν είσαι δυστυχισμένος, γιατί δεν παραιτείσαι; Δεν αξίζει τον κόπο. Δεν χρειάζεται να αποδείξεις τίποτα σε κανέναν, ειδικά τώρα που ο Γουλφ στέλνει απειλητικά μηνύματα".

Ο Κιπ κούνησε το κεφάλι του. "Δεν πιστεύω ότι ο Γουλφ έστειλε αυτό το e-mail, δεν είναι τέτοιος τύπος. Μοιάζει περισσότερο με τον σχολικό νταή που απαιτεί τα λεφτά του κολατσιού σου".

"Λοιπόν, ποιο είναι το σχέδιο;"

Ο Κιπ δεν απάντησε αμέσως- απλώς κοίταξε έξω από το παράθυρο. Όταν γύρισε, το βλέμμα που μου έριξε ήταν τόσο έντονο που νόμιζα ότι ήταν θυμωμένος μαζί μου.

"Δεν είμαι σίγουρος αν αυτό βγάζει νόημα, Τζέιμι, αλλά πρέπει να το τελειώσω αυτό το πράγμα. Έχω ήδη σημειώσει μια αποτυχία στην Καλιφόρνια και δεν μπορώ να το ξαναπεράσω αυτό. Είναι ο φόβος της αποτυχίας, με σκοτώνει".

Είχα δάκρυα στα μάτια μου. "Πώς μπορείς

να πιστεύεις ότι αυτό είναι δικό σου λάθος, Κιπ; Κανείς δεν μπορεί να το διορθώσει αυτό! Θέλω να βοηθήσω, σε παρακαλώ άσε με να βοηθήσω".

Πήρε μια βαθιά ανάσα. "Εντάξει, δέχομαι. Νομίζω ότι το να φέρεις τον φίλο σου τον ιδιωτικό ντετέκτιβ στο σκάφος είναι μια καλή ιδέα. Ίσως μπορέσει να βρει ποιος έστειλε αυτό το e-mail ή ποιος είναι ο βάνδαλος του πάρκου -αλλά εγώ πρέπει να αντιμετωπίσω τον Μπέντζαμιν Γουλφ μόνος μου. Σύμφωνοι;" Μου χάρισε ένα μικρό χαμόγελο και άπλωσε το δεξί του χέρι.

Το έσφιξα δυνατά. "Σύμφωνοι!"

"Αναγεννησιακό Φεστιβάλ το Σάββατο;"

"Θα σε περιμένω πάνω σε ένα λευκό άλογο", είπα.

Ο Κιπ χαμογέλασε. "Μόνο αν ντυθείς σαν τη Λαίδη Γκοντίβα".

ΚΕΦΆΛΑΙΟ 10

Αφού άφησα τον Κιπ στο γραφείο του, ήρθε η ώρα να πιάσω δουλειά. Το πρώτο πράγμα στη λίστα μου ήταν να τηλεφωνήσω στον μοναδικό ιδιωτικό ντετέκτιβ του οποίου το γραφείο ήταν ένα σκαμπό μπαρ στο "The Big Easy", τον πρώην πελάτη μου και πρόεδρο του δικού του fan club, Μαρμαντιούκ Μπρουσάρντ, ΙΙΙ, γνωστός και ως Ντιούκ. Με τα καστανά μαλλιά του μέχρι τον ώμο, το κολιέ με τα δόντια καρχαρία και τις μπότες αλιγάτορα, ο Ντιούκ μου έμοιαζε περισσότερο με πειρατή παρά με ιδιωτικό ντετέκτιβ, αλλά από την άλλη, δεν ήμουν σίγουρη για το πώς έπρεπε να μοιάζει ένας ιδιωτικός ντετέκτιβ. Αν έλεγα ότι είχε ταλέντο με τις γυναίκες, δεν το κάλυπτα, αλλά γι' αυτόν αυτό ήταν ευλογία και κατάρα. Έτσι γνωριστήκαμε κι εμείς. Όχι, δεν βγήκαμε ραντεβού (αυτό δεν πρόκειται να συμβεί ποτέ), ήταν πελάτης μου. Χειρίστηκα το εξαιρετικά βρώμικο διαζύγιο του Ντιούκ από τη σύζυγο νούμερο τρία, Κάντι Μπρουσάρντ Κάντι (κράτησε το όνομα "Μπρουσάρντ" για να τον τσαντίσει). Η Κάντι ήταν τόσο έξαλλη όταν τον έπιασε να την απατάει που τον κατήγγειλε στην εφορία, στο Better Business Bureau, στο συμβούλιο αδειοδότησης ιδιωτών, στις εφημερίδες και στη λίστα Angie's List. Τον κατέκρινε επίσης σε όλο το Facebook και το Twitter, αλλά η χαριστική βολή ήταν όταν αγόρασε μια διαφημιστική πινακίδα στον I-95 για να πει στον κόσμο τι σκέφτεται γι' αυτόν. Ήταν ένα μεγάλο μπέρδεμα, αλλά, με τη βοήθειά μου, ο Ντιούκ κατάφερε να σώσει την άδεια του Ιδιωτικού Ντετέκτιβ και να σταματήσει όλη αυτή την τρέλα πληρώνοντας ένα μεγάλο (αλλά όχι παράλογο) ποσό διατροφής. Το θέμα είναι πάντα τα χρήματα - εκτός από τις περιπτώσεις που δεν είναι. Τότε είναι που μια ειλικρινής συγγνώμη έχει μεγάλη σημασία.

Ένα χρόνο αργότερα, ο ξάδερφός μου Άνταμ κατηγορήθηκε για φόνο και έπρεπε να ζητήσω τη χάρη που ο Ντιούκ είχε ξεχάσει ότι μου χρωστούσε. Συνεργαζόμενοι καταφέραμε να κρατήσουμε τον Άνταμ έξω από τη φυλακή και από τότε είμαστε φίλοι -τουλάχιστον νομίζω ότι είμαστε φίλοι. Ίσως να μένει εδώ για να τον συστήσω στις "καυτές δικηγόρους", όπως τις αποκαλεί. Είναι μια σίγουρη πιθανότητα.

Έβαλα το τηλέφωνό μου στο hands-free για να μπορώ να μιλάω όσο οδηγούσα στο γραφείο μου. Παρόλο που είχε περάσει καιρός, είχα ακόμα τον Ντιούκ στην ταχεία κλήσηήταν το νούμερο έξι. Το νούμερό του ήταν το τέσσερα, αλλά μετά βρήκα τον μπαμπά μου και άρχισα να βγαίνω με τον Κιπ περίπου την ίδια εποχή, οπότε ο Ντιούκ έμεινε εκτός. Ήταν η τέλεια στιγμή για να μιλήσουμε, αφού είχα κολλήσει στην κίνηση, περιμένοντας ένα μεγάλο τρένο να κατεβεί στις ράγες.

Απάντησε με το πρώτο χτύπημα.

"Γαμώτο, Τζέιμι, πού κρυβόσουν; Νόμιζα ότι το είχες σκάσει με τον δασοφύλακά σου και ζούσες κάπου στο δάσος. Πώς το λένε αυτό; "Ζεις εκτός δικτύου".

"Γεια σου και σε σένα", είπα γελώντας. "Το τηλέφωνο λειτουργεί και από τις δύο κατευθύνσεις και το δικό μου δεν χτύπησε ούτε μια φορά. Και όχι επειδή ζω εκτός δικτύου, επίσης".

Ο Ντιούκ γέλασε. "Με έπιασες, σύμβουλε. Τι να πω; Ήμουν λίγο απασχολημένος".

"Ναι, σίγουρα. Δεν εργάζεσαι, φαντάζομαι. Ποια είναι αυτή; Ελπίζω να μην είναι καμιά χαζογκόμενα σαν την προηγούμενη... πώς την έλεγαν;"

"Εννοείς την Λούλουμπελ; Δεν ήταν και πολύ έξυπνη, αλλά το κορίτσι αυτό είχε 'προσωπικότητα', αν με πιάνεις".

Αναστέναξα. " Ντιούκ, όλοι σε πιάνουν, είσαι τόσο διακριτικός όσο ένα τσουνάμι -χωρίς παρεξήγηση-".

"Δεν παρεξηγήθηκα, αγάπη μου". Γέλασε. "Λοιπόν, ποια είναι η ιστορία; Έχεις κάποια δουλειά για μένα, ή είναι απλά ένα κοινωνικό τηλεφώνημα;"

"Ήθελα να τηλεφωνήσω και να τα πούμε", είπα, νιώθοντας άσχημα που δεν το είχα κάνει, "αλλά έχω κάποια δουλειά για σένα. Είναι προσωπικό θέμα. Χωρίς χάρες όμως, είμαι πελάτης που πληρώνει".

"Διάολε, όχι! Θα προτιμούσα πολύ περισσότερο να μου χρωστάς μια χάρη. Είναι θέμα χρόνου να βρεθώ σε κάποιο άσχημο κελί της φυλακής χωρίς να έχω ιδέα πώς βρέθηκα εκεί και με έναν τύπο που τον λένε Μπάμπα να στέκεται από πάνω μου και να γλείφει τα χείλη του. Θα σε χρειαστώ για να με βγάλεις έξω, κορίτσι μου"!

Ξέσπασα στα γέλια. "Διασκεδάζω όταν το φαντάζομαι αυτό! Κοίτα, θα τα πούμε αργότερα, εντάξει; Να τι συμβαίνει".

Του είπα για τον βάνδαλο του πάρκου και τις ενοχλητικές φάρσες του και τελείωσα με το απειλητικό e-mail του κ. I-C-U. Ο Ντιούκ σφύριξε μέσα από τα δόντια του.

"Αυτός ο βάνδαλος είναι το κάτι άλλο... θα ήθελα να τον κεράσω ένα ποτό επειδή είναι τόσο καταραμένα αστείος. Όσο για τον άλλον, θα ήθελα να τον πλακώσω στο ξύλο! Αποκλείεται να είναι ο ίδιος τύπος. Πες μου τι θέλεις να κάνω".

Ένιωθα ήδη καλύτερα. Οι ερευνητικές τεχνικές του Ντιούκ ήταν ανορθόδοξες και (ενίοτε) παράνομες, αλλά πάντα έκανε τη δουλειά του. Και αν δεν ήξερα ακριβώς πώς το έκανε, θα μπορούσα να το αρνηθώ εύλογα. Τουλάχιστον αυτό έλεγα στον εαυτό μου.

"Ντιουκ, είσαι ο καλύτερος! Νομίζεις ότι μπορείς να εντοπίσεις το e-mail του I-C-U;"

"Ίσως, έχω έναν τεχνικό που μπορεί να σπάσει τα πάντα..."

"Δεν χρειάζεται να ξέρω, δεν θέλω να ξέρω."

Γέλασε. "Σε καταλαβαίνω. Τι άλλο;"

"Λοιπόν, τι θα κάνεις το Σάββατο;"

ΚΕΦΆΛΑΙΟ 11

Ο Ντιούκ δεν είχε ξαναπάει ποτέ στο Αναγεννησιακό Φεστιβάλ, δεν ήξερε καν ότι υπήρχε. Δύσκολο να το πιστέψει κανείς, αν σκεφτεί κανείς ότι επρόκειτο για μια ετήσια εκδήλωση που περιείχε τα δύο αγαπημένα του πράγματα, το αλκοόλ και τις όμορφες κοπέλες. Για να είμαστε ειλικρινείς, όμως, η μπύρα ήταν ακριβή και το όλο πράγμα ήταν σούπερ-περίεργο. Ήταν σαν το λύκειο, όπου τα κουλ παιδιά δεν θα έβρισκαν ούτε νεκρούς να κάνουν παρέα στη σκακιστική λέσχη ή να παίζουν Dungeons and Dragons. Και πώς αλλιώς θα μπορούσατε να περιγράψετε το Αναγεννησιακό Φεστιβάλ; Ήταν ένα τεράστιο παιχνίδι D & D για "μεγάλους".

Αν και ο I-C-U είχε ήδη αποκαλύψει ότι μας παρακολουθούσε τις τελευταίες εβδομάδες, ο Ντιούκ πίστευε ότι μπορεί να το έκανε ακόμα. Το σχέδιό του ήταν να περπατήσει στο Ren-Fest και να ελέγξει όποιον ήταν ύποπτος. Σε ένα φεστιβάλ γεμάτο ζογκλέρ, πυροφάγους, λασπομάχους, ιππότες, φαρμακοποιούς, μάγους, μαχαιροβγάλτες, σκυλιά που παίζουν θέατρο, μουσικούς και ναι, σκακιστές, δεν υπήρχε κανένας λόγος να δώσει κανείς σημασία στον Κιπ και σε μένα, θα ήμασταν οι πιο βαρετοί άνθρωποι εκεί.

Είχα μια τελευταία ερώτηση για τον Ντιούκ. "Πώς στο καλό θα μπορέσετε να εργαστείτε με τόσους πολλούς ας τους πούμε "περισπασμούς" παντού;"

"Είμαι επαγγελματίας, αγάπη μου, έτσι".

"Ένας επαγγελματίας παρτάκιας, ίσως..."

Έκλεισα το τηλέφωνο με τον Ντιούκ μόλις έφτασα στο γραφείο μου, όπου συνέχισα να περνάω ένα αδιάφορο απόγευμα παίζοντας το χαμένο χρόνο - προγραμματίζοντας διαμεσολαβήσεις, ορίζοντας ακροάσεις και ανταλλάσσοντας e-mail με έναν δικηγόρο για τον διακανονισμό μιας υπόθεσης. Σίγουρα έκανα ένα βαθούλωμα στη στοίβα που μου επέτρεψε να αποτινάξω κάποιες από τις ενοχές που κουβαλούσα. Αισθάνθηκα τόσο καλά που αναρωτήθηκα γιατί συνέχισα να αναβάλλω σε σημείο παράλυσης. Αφού φοβόμουν ένα έργο για μια εβδομάδα, όταν επιτέλους το φρόντιζα, συνειδητοποιούσα ότι δεν ήταν και τόσο τρομερό. Όλος αυτός ο φόβος για το τίποτα.

Ετοιμαζόμουν να μαζέψω τα πράγματά μου για σήμερα, όταν έλαβα ένα e-mail από την Άννα Μαρία, τη σύζυγο του πατέρα μου. Μου έστελνε ένα γράμμα σχετικά με τη μεταναστευτική κατάσταση του πατέρα μου. Ένιωσα το στομάχι μου να σφίγγεται από τα νεύρα και τον ενθουσιασμό. Οι τρεις μας περιμέναμε μια απόφαση από το Αλλοδαπών εδώ και καιρό, αλλά ο μπαμπάς μου και η Άννα Μαρία περίμεναν δύο χρόνια, από τότε που παντρεύτηκαν. Ο τρόπος με τον οποίο είχαν γνωριστεί δεν ήταν ακριβώς ρομαντικός και σίγουρα ήταν αρκετά παράξενος ώστε να προβληματίσει οποιονδήποτε πράκτορα της υπηρεσίας μετανάστευσης. Όταν ο πατέρας μου κρατούνταν στο Γκουαντάναμο, η Άνα Μαρία είχε τοποθετηθεί εκεί ως μεταφράστρια και είχαν ερωτευτεί. Παντρεύτηκαν στη Νικαράγουα, αφού εκείνος εξορίστηκε εκεί. Επειδή η Άννα Μαρία ήταν Αμερικανίδα πολίτης, είχε το δικαίωμα να ζητήσει βίζα για τον νέο της σύζυγο, πράγμα που έκανε, αλλά επειδή δεν είχαν ποτέ ζήσει μαζί, ήταν δύσκολο να αποδείξει ότι είχαν νόμιμο γάμο. Βάλτε και το γεγονός ότι ο πατέρας μου είχε απελαθεί από τις ΗΠΑ τριάντα πέντε χρόνια νωρίτερα για πολιτικούς λόγους και καταλαβαίνετε γιατί ανησυχούσαμε. Αν δεν παίρναμε σύντομα μια απόφαση, η Άννα Μαρία και εγώ σχεδιάζαμε να πάμε στη Νικαράγουα για μια επίσκεψη. Είχα ήδη χάσει τόσο πολύ χρόνο με τον πατέρα μου- δεν ήθελα να χάσω κι άλλο." Εκτός από το συνημμένο, το e-mail περιείχε μόνο μία λέξη: "¡Esperanza!". Ελπίδα. Αυτό ακούστηκε ελπιδοφόρο, αλλά όταν άνοιξα το συνημμένο, το μόνο που μπορούσα να δω ήταν ότι η αίτηση εκκρεμούσε ακόμη. Ήμουν τόσο απογοητευμένη που παραλίγο να χάσω την τελευταία πρόταση: "Μπορείτε να περιμένετε μια απόφαση μέσα σε μια εβδομάδα". Μια εβδομάδα! Αυτός ήταν ένας λόγος για να ελπίζω - αρκεί να μην αφήσω την απελπισία να μπει κρυφά μέσα μου. Γνώριζα πολύ καλά ότι αν η αίτηση απορριφθεί, δεν είχαμε εναλλακτικό σχέδιο. Δεν υπήρχε λόγος να το σκέφτομαι. Κατά την εμπειρία μου, η ανησυχία δεν άλλαξε ποτέ τίποτα, εκτός ίσως από το χρώμα των μαλλιών μου.

Έστειλα στην Άννα Μαρία με ηλεκτρονικό μήνυμα μόνο δύο λέξεις: "Ας προσευχηθούμε!" και στη συνέχεια κλείδωσα το γραφείο μου για να πάω σπίτι. Είχα να ταΐσω μια ιδιόρρυθμη γάτα και να κοιμηθώ πολύ.

ΚΕΦΆΛΑΙΟ 12

Πριν το καταλάβω, ήταν Σάββατο και ώρα να πάω στο Ren-Fest. Ο Κιπ είχε μείνει το βράδυ της Παρασκευής, καθώς είχαμε κανονίσει να βγούμε έξω, αλλά ήταν τόσο κουρασμένος από τη δύσκολη εβδομάδα του που προτιμήσαμε να περάσουμε χρόνο στον καναπέ, με φαγητό από το China Star και μια ταινία. Λοιπόν, είδα την ταινία και ο Κιπ αποκοιμήθηκε με το κεφάλι του στην αγκαλιά μου μετά από περίπου δύο λεπτά. Δεν έχασε και πολλά, απλά τη βασική γυναικεία ταινία (ή μήπως είναι ρομαντική κομεντί;). Έχω ήδη ξεχάσει το όνομά της.

Ξύπνησα νιώθοντας νευρική και ανήσυχη, πράγμα που δεν είναι ο καλύτερος τρόπος για να ξεκινήσεις μια διασκεδαστική μέρα με τον αγαπημένο σου άντρα, αλλά δεν μου αρέσουν τα πλήθη (κατατάσσονται ακριβώς πίσω από τους αρουραίους στη λίστα με τις φοβίες μου) και ένιωθα και λίγο ζαλισμένη εξάλλου. Φοβάμαι ότι δεν μπορούσα να κατηγορήσω για την κακοδιαθεσία μου το General Tso's Tofuη αλήθεια είναι ότι ανησυχούσα μήπως συναντήσω τον κυνηγό μας. Πώς θα μπορούσα να διασκεδάσω υπό αυτές τις συνθήκες; Αν ανησυχούσα ότι θα ήταν μια όχι και τόσο φανταστική μέρα, τότε ήμουν η μόνη, γιατί, ενώ εγώ ήμουν μελαγχολική, ο Κιπ σχεδόν χοροπηδούσε.

"Τι θέλεις να κάνουμε πρώτα, Τζέιμι;" ρώτησε, αλείφοντας με πραγματικό ενθουσιασμό το τυρί κρέμα στο κουλούρι του. Ο Κιπ πολτοποίησε τα μισά κουλούρια μαζί, προτού δαγκώσει δυνατά μια τραγανή μπουκιά. "Υπάρχει μουσική, πάλη με λάσπη, κονταρομαχία... Θα σε πείραζε να τσεκάρεις το πρόγραμμα στο διαδίκτυο; Δεν θέλω να χάσω τα καλά πράγματα!"

Με τα μαλλιά του να κρέμονται πάνω από όλη τη δημιουργία και ένα ενθουσιασμένο χαμόγελο στο πρόσωπό του, ο Κιπ έμοιαζε με παιδί που πηγαίνει στο πανηγύρι της κομητείας, με τις τσέπες του γεμάτες με αρκετά χρήματα για όλες τις βόλτες και ένα μεγάλο μαλλί της γριάς. Ήταν τόσο αξιολάτρευτος, που έπρεπε να χαμογελάσω. Ένιωσα τους ώμους μου να χαλαρώνουν από την ένταση και το υπόλοιπο σώμα μου να ακολουθεί το παράδειγμά του. Ως συνήθως, αντέδρασα υπερβολικά. Τι θα μπορούσε να συμβεί σε ένα πανηγύρι με πολύ κόσμο; Ο Ντιούκ θα ήταν εκεί για ηθική υποστήριξη και οι αστυνομικοί του σερίφη του Μπρούαρντ είχαν προσληφθεί για να παρέχουν ασφάλεια, "για να αποτρέψουν τυχόν κακοποιούς του βασιλείου που επιθυμούν να κάνουν αταξίες ή χάος".

Πλησίασα κρυφά πίσω από την καρέκλα του Κιπ και όταν εκείνος έφτασε για άλλο ένα κουλούρι, έσπρωξα το πιάτο εκτός εμβέλειας.

"Έι... δεν μπορεί κάποιος να φάει πρωινό εδώ πέρα; Δεν είμαι σίγουρος ότι μου αρέσει αυτό το ξενοδοχείο".

Τον φίλησα στην κορυφή του κεφαλιού του. "Ήρθε η ώρα να πάμε στο Αναγεννησιακό Φεστιβάλ, ανώνυμε".

Γύρισε στην καρέκλα του για να με σφίξει. "Ζήτω!"

~

Φτάσαμε ακριβώς την ώρα που το Φεστιβάλ άνοιγε για την ημέρα, οπότε δεν ήταν δύσκολο να παρκάρουμε. Η δυσκολία ήρθε αργότερα στην προσπάθειά μας να φτάσουμε στην πύλη. Τουλάχιστον πενήντα διαδηλωτές που κρατούσαν πλακάτ έκαναν κύκλους και φώναζαν κάτι που δεν μπορούσαμε να ακούσουμε. Μερικοί αστυνομικοί στέκονταν στο πλάι και παρακολουθούσαν.

Γύρισα στον Κιπ, "Τι στο καλό συμβαίνει;"

Απτόητος, δεν σταμάτησε να προχωράει καθώς πλησιάζαμε την πύλη. "Αυτή είναι οι ΡΕΤΑ. Πάντα εμφανίζονται στο φεστιβάλ για να διαμαρτυρηθούν, δεν είναι τίποτα σπουδαίο".

Είχα μπερδευτεί. "Οι ακτιβιστές για τα δικαιώματα των ζώων; Μα γιατί διαμαρτύρονται εδώ;"

"Διάβασε τις αφίσες και μάθε το. Αν θέλεις να μάθεις περισσότερα", είπε ο Κιπ γελώντας, "είμαι σίγουρος ότι θα ήθελαν πολύ να συζητήσουν μαζί σου".

Με το χέρι του γύρω από τους ώμους μου, με οδήγησε μέσα στο πλήθος, καθώς το κεφάλι μου στριφογύριζε μπρος-πίσω διαβάζοντας τις πινακίδες

"Σταματήστε την κακοποίηση των ζώων!"

"Οι αλυσίδες πονάνε!"

"Ελευθερώστε τον ελέφαντα!"

"Περίμενε ένα λεπτό", είπα. "Υπάρχει ελέφαντας;"

Ο Κιπ έγνεψε. "Ναι. Και αύριο θα υπάρχει και μια καμήλα."

Είχα μπερδευτεί. "Μα... γιατί;"

"Θα δεις", είπε.

"Γίνεσαι ασαφής και δεν βοηθάς. Οι καμήλες δεν φτύνουν;"

Γέλασε. "Μόνο οι αγενείς".

Το εκδοτήριο εισιτηρίων βρισκόταν σε ένα μικρό αλλά εντυπωσιακό κάστρο με δύο ασορτί πυργίσκους. Μπροστά από τις ψεύτικες ξύλινες πόρτες βρίσκονταν δύο ιππότες έφιπποι, ο καθένας ντυμένος με έντονα χρώματα που ταίριαζαν με το ευγενές άλογό του. Μας χαιρέτησαν με ένα στόλισμα λέγοντας: "Καλημέρα σας, κύριε, και σε εσάς, Μιλαίδη". Οφείλω να παραδεχτώ ότι αυτό ήταν μια ωραία πινελιά. Μόλις μπήκαμε μέσα, ο Κιπ πήρε ένα πρόγραμμα εκδηλώσεων και πλήρωσε την είσοδό μας σε μια κοπέλα με μυτερά αυτιά και όμορφα αραχνοΰφαντα φτερά. Δεν μπορούσα να φανταστώ πώς ντυνόταν τον υπόλοιπο χρόνο.

"Λοιπόν, πώς σου φαίνεται;" ρώτησε ο Κιπ

με ένα μεγαλειώδες κούνημα του χεριού του, ο περήφανος αρχηγός της αρένας που επιδεικνύει τους πρωταγωνιστές του.

Κοίταξα γύρω μου έκπληκτος. Είχα ξαναπάει σε όλων των ειδών τα φεστιβάλ: φεστιβάλ τέχνης, φεστιβάλ θαλασσινών, φεστιβάλ Cajun, φεστιβάλ τζαζ, φεστιβάλ μπλουζ, σκωτσέζικα φεστιβάλ, ιρλανδικά φεστιβάλ, Oktoberfest, το φεστιβάλ σκόρδου (με το αξέχαστο παγωτό σκόρδο) και τα Χριστούγεννα στο Las Olas, αλλά δεν είχα δει ποτέ κάτι τέτοιο. Το πάρκο είχε χωριστεί σε σκηνές και περίπτερα και σε τεράστιους χώρους με τέντες, συμπληρωμένους με πολύχρωμα πανό και αρχαϊκές πινακίδες. Υπήρχε η περιοχή Falconer, ο λάκκος λάσπης, η σκηνή Globe, το μαγεμένο δάσος, η αίθουσα Minstrel και το πειρατικό πλοίο. Τα ιδιόρρυθμα μικρά καταστήματα (shoppes) στην περιοχή Village Market πουλούσαν κεριά και μαγικά κόλπα, μουσικά όργανα κάθε είδους, λοσιόν και φίλτρα, μυθικά τέρατα φτιαγμένα από λεπτό γυαλί, δερμάτινα είδη, μεταλλικές τέχνες, κοστούμια, φτερά νεράιδων, ξυλοτεχνία, όπλα και "πράγματα για το κάστρο σας". Θα μπορούσατε να βάψετε το πρόσωπό σας, να επιμηκύνετε τα αυτιά σας ή να φτιάξετε τα μαλλιά σας όπως η βασίλισσα των νεράιδων. Θα μπορούσατε να παρακολουθήσετε μαθήματα ξιφασκίας, λαούτου, ακόμη και θανάτωσης δράκων. Εκτός από τα τυπικά εδέσματα της γιορτής, υπήρχαν ψητά πόδια γαλοπούλας και μέλι, ένα ποτό που παρασκευάζεται από ζυμωμένο μέλι.

"Μάντεψε τι θα φάω για μεσημεριανό", είπε ο Κιπ.

Κούνησα το κεφάλι μου. "Δεν γίνεται, φίλε. Δεν πρόκειται να φας μπέικον με σοκολάτα όσο είμαι εδώ. Όχι αν θέλεις ποτέ άλλο ένα φιλί από μένα".

Ο Κιπ γέλασε και έδειξε μια πινακίδα στο βάθος που έγραφε "Βόλτα με τον βασιλικό ελέφαντα". Με έσπρωξε με τον αγκώνα του: "Έι, Τζέιμι, τι λες γι' αυτό; Θέλεις να πάμε μια μικρή βόλτα;"

"Χα! Αυτό είναι καλό. Αλλά μπορείς να πας αν θέλεις και θα σε βγάλω φωτογραφία".

Κούνησε το κεφάλι του σε προσποιητή απελπισία. "Με αυτόν τον ρυθμό, δεν θα έχεις ποτέ ενδιαφέρουσες ιστορίες να διηγηθείς στα εγγόνια σου".

"Τουλάχιστον θα ζήσω αρκετά για να έχω εγγόνια", είπα αυτάρεσκα.

Έριξα μια ματιά στο ρολόι μου, αναρωτώμενη πού ήταν ο Ντιούκ- είπε ότι θα μας συναντούσε στην είσοδο. Ακριβώς τότε, κάποιος με χτύπησε στον ώμο και στριφογύρισα για να βρεθώ πρόσωπο με πρόσωπο με έναν πειρατή ντυμένο στα μαύρα. Σκόνταψα προς τα πίσω με ένα ξαφνιασμένο τσίμπημα. Μη νομίζετε ούτε για ένα λεπτό ότι είχα ξεχάσει τον διώκτη μας.

"Χριστέ μου, Τζέιμι", με νουθέτησε μια γνώριμη φωνή. "Κάνεις λες και δεν έχεις ξαναδεί πειρατή".

"Ντιουκ;"

Πήρα υπόψη μου τις μαύρες μπότες και το ψεύτικο σπαθί, το φουσκωτό παντελόνι και το εξίσου φουσκωτό πουκάμισο με το ζωνάρι δεμένο στη μέση. Είχε γένια στο πρόσωπό του και μια μπαντάνα στο κεφάλι του που ήταν δεμένη στο πίσω μέρος, ενώ τα καστανά μαλλιά του κρέμονταν σε αλογοουρά. Έδειχνε ωραίος.

"Φυσικά και είμαι εγώ, αγάπη μου, ποιος άλλος θα ήταν;" Χασκογέλασε.

"Λοιπόν, πώς ήξερα ότι θα ερχόσουν με κοστούμι; Συγγνώμη, Κιπ, αυτός είναι ο Ντουκ. Ντιούκ, από εδώ ο Κιπ."

Ο Κιπ έσφιξε με ενθουσιασμό το χέρι του Ντιούκ, ενώ ο Ντιούκ φαινόταν να εξετάζει τον Κιπ.

"Πραγματικά εκτιμούμε που μας βοηθάς", είπε ο Κιπ. "Η Τζέιμι μου είπε ότι είσαι φοβερός ιδιωτικός ντετέκτιβ και πολύ καλός φίλος", πρόσθεσε.

Χτύπησα ελαφρά τον φίλο μου στον ώμο. "Μην του λες ψέματα. Ποτέ δεν είπα τίποτα από αυτά". Χαμογέλασα στον Ντιουκ. "Τι είναι αυτή η στολή του πειρατή, Μαυρογένη;"

"Σας το είπα, κυρία Esquire", είπε, "είμαι επαγγελματίας. Πρέπει να ενσωματωθώ στο πλήθος και να γίνω μέρος του σκηνικού, ώστε να μπορέσω να πιάσω το κάθαρμα που σας ακολουθεί".

"Εξαιρετικά!" Είπα, "Αργότερα, μπορείς να συμμετάσχεις στον διαγωνισμό 'ο πιο καλοντυμένος πειρατής'. Είναι στις 2:00".

"Μπορεί να το κάνω αυτό", γέλασε ο Ντιούκ. "Αλλά πρώτα, θα αγοράσω μια κανάτα μπύρα".

"Είμαι σίγουρος ότι μπορείς να βρεις μια πειρατίνα για να την πιεις μαζί της", πρόσθεσα.

Ο Ντιούκ γέλασε. Ο Κιπ μας παρακολουθούσε περίεργα - σαν να μην είχε ξαναδεί ποτέ δύο εξυπνάκηδες σε ένα μέρος.

Ξαφνικά σοβαρός, ο Ντιούκ είπε: "Εντάξει, θα είμαι κοντά σας, αλλά μη μου δίνετε σημασία. Αν δεν με δείτε για λίγο, σημαίνει ότι ακολουθώ κάποιο στοιχείο. Ή ότι χτυπάω το κεφάλι μου, ή οτιδήποτε άλλο". Γέλασε. "Θα ελέγχω από καιρό σε καιρό, οπότε προσπαθήστε να φέρεστε φυσιολογικά. Ή απλά κάνε ό,τι καλύτερο μπορείς", είπε με ένα νεύμα προς την κατεύθυνσή μου. Μετά έφυγε.

Ο Κιπ γέλασε και κούνησε το κεφάλι του. "Αυτός ο τύπος είναι το κάτι άλλο, τι χαρακτήρας! Φαίνεται να σε προστατεύει αρκετά".

"Τι να πω; Η διάσωση δεσποινίδων σε κίνδυνο είναι το φόρτε του και μάλλον γι' αυτό έγινε ιδιωτικός ντετέκτιβ εξ αρχής. Ο Ντιούκ είναι σαν τον αδελφό που δεν είχα ποτέ, αυτόν που είχε πάντα προβλήματα, ξέρεις, το μαύρο πρόβατο".

Ο Κιπ μου έπιασε το χέρι και αρχίσαμε να περπατάμε προς τα μαγαζιά. "Ένας αδερφός, ε;"

"Περισσότερο σαν μακρινός ξάδερφος", είπα χαμογελώντας.

Ο καιρός ήταν τέλειος, το Ren-Fest έμοιαζε διασκεδαστικό, και ο Κιπ κι εγώ περνούσαμε τη μέρα μαζί. Τι θα μπορούσε να είναι καλύτερο από αυτό; Δεν είχα πια άγχος. Η απειλή του I-C-

U φαινόταν αιθέρια, αποτελούμενη από τίποτα, η σκοτεινή υπόσχεσή του κατέρρεε κάτω από τη φωτεινή εξέταση του ήλιου.

Αρκετές ώρες πέρασαν γρήγορα. Ο αφέντης του γερακιού μάς εντυπωσίασε με τα κόλπα του γερακιού του- ο Κριστόφ, ο Μυλωνάς, είπε στον Κιπ ότι ακόμη και ο σκύλος του τον μισεί- και απολαύσαμε έναν αγώνα κονταρομαχίας μεταξύ μαχόμενων ιπποτών που σήκωσε πολλή άμμο και προκάλεσε τις επευφημίες του πλήθους. Υπήρχαν καλλιτέχνες και χορευτές και μουσικοί και μάγοι, ακόμη και ένας ξιφομαχος, δεν προλάβαμε να τα δούμε όλα. Η μισή ψυχαγωγία ήταν στο να παρακολουθείς το πλήθος, αφού οι περισσότεροι άνθρωποι φορούσαν κοστούμια - και δεν ήταν όλα τα κοστούμια παιδικά. Όπως το έθεσε ο Κιπ, είδε περισσότερα ντεκολτέ εκείνη τη μέρα απ όσα ελπίζει να δει ο μέσος δασοφύλακας σε μια ζωή.

Καθώς τρώγαμε μεσημεριανό γεύμα στο "The Fat Friar's", μπορούσα να δω τον ελέφαντα στο βάθος. Φαινόταν σίγουρα αρκετά ήμερος- υπήρχαν δύο παιδιά που τον καβαλούσαν. Ο ελέφαντας ήταν αλυσοδεμένος στο ένα πόδι (η PETA μας προειδοποίησε), καθώς ο συνοδός τον περπατούσε γύρω-γύρω σε έναν κύκλο. Οι σκέψεις μου διακόπηκαν από ένα χέρι που έβαλε το χέρι του στο καλάθι με τις πατάτες μου.

"Γαμώτο, Τζέιμι, γιατί δεν μου είχες πει γι' αυτό το μέρος νωρίτερα;"

Ο Ντιούκ ήταν απασχολημένος με το να

χώνει τις πατάτες, τις δικές μου πατάτες, στο στόμα του όσο πιο γρήγορα μπορούσε. Ήθελε να πάρει κι άλλες όταν του χτύπησα τον καρπό.

"Έι, Μαυρογένη", είπα, "Χωρίς νέα, δεν υπάρχουν πατάτες.

Ο Κιπ γέλασε και πρόσφερε στον Ντουκ τις δικές του.

"Κορίτσι μου, ποιος είπε ότι δεν έχω νέα; Έχω πολλά. Για την ακρίβεια, έχω ανοίξει την υπόθεση".

"Το λέει ο άνθρωπος με την πειρατική στολή. Τι βρήκες, Ντιουκ;" Ρώτησα.

"Δεν είναι τι, αλλά ποιος", απάντησε ντροπαλά.

"Ποιον βρήκες;" Ο Κιπ έσκυψε απέναντι από το τραπέζι, με τα μάτια του καρφωμένα στον Ντιούκ.

"Κανέναν ιδιαίτερο. Απλά τον τύπο που σε ακολουθεί σε όλη την πόλη".

ΚΕΦΑΛΑΙΟ 13

Κάθισα εκεί για ένα λεπτό, άφωνος. Ο Ντιούκ τα είχε καταφέρει, είχε βρει τον κύριο I-C-U! Του χρωστούσα πολλά.

"Το όνομά του είναι Μάλκολμ", είπε ο Ντουκ αδιάφορα. "Μάλκολμ Άρμστρονγκ. Ήθελε να σου πω ότι δεν ήταν κάτι προσωπικό".

"Τίποτα προσωπικό;" Ήμουν έξαλλη.

Μίλησε ο Κιπ. "Το να απειλείς την κοπέλα κάποιου δεν είναι προσωπικό; Είναι τρελός;"

"Σταματήστε τώρα, εσείς οι δύο. Ποτέ δεν είπα ότι ο Μάλκολμ σας απείλησε, είπα ότι σας ακολούθησε. Σίγουρα, τράβηξε αυτές τις φωτογραφίες -αλλά αυτό είναι το μόνο που έκανε".

"Θες να πεις ότι δεν είναι I-C-U;" Ο Κιπ ρώτησε.

"Μπα, είναι ιδιωτικός ντετέκτιβ σαν εμένα. Δεν ξέρει καν ποιος τον προσέλαβε. Πήρε όλες τις οδηγίες του με e-mail και SMS και τα χρήματα κατατέθηκαν κατευθείαν στον λογαριασμό του. Όταν του είπα ότι οι φωτογραφίες του χρησιμοποιήθηκαν για τη διάπραξη ενός εγκλήματος, ότι μπορεί να πάει φυλακή, τρελάθηκε και είπε ότι τελείωσε. Στη συνέχεια έστειλε μήνυμα σε κάποιον και έφυγε".

Ένιωσα ηλίθια. Δεν μου είχε περάσει ποτέ από το μυαλό ότι ο I-C-U θα προσέλαβε κάποιον να μας παρακολουθεί. Στη φαντασία μου, ένας εγκληματικός εγκέφαλος παραμόνευε σε κάθε γωνία, μας έστηνε παγίδες και γελούσε διαβολικά όλη την ώρα. Αντ' αυτού, ήταν απλά ένας τύπος σαν τον Ντουκ που προσπαθούσε να βγάλει μερικά επιπλέον χρήματα.

Ο Κιπ συνοφρυωνόταν. "Ποιο είναι το επόμενο βήμα; Καλή δουλειά, παρεμπιπτόντως".

Ο Ντουκ χαμογέλασε με το κομπλιμέντο. "Σκεφτόμουν ότι θα έπρεπε..."

Η συζήτησή μας διακόπηκε από τον ήχο ανθρώπων που ούρλιαζαν και φώναζαν. Μια τεράστια αναταραχή είχε ξεσπάσει στην άλλη πλευρά του φεστιβάλ -κάτι συνέβαινε με τον ελέφαντα!

"Καλύτερα να το ελέγξω". Ο Κιπ ήταν ήδη όρθιος και έτρεχε προς εκείνη την κατεύθυνση.

Σταμάτησα έναν άντρα που περνούσε με τα δύο του παιδιά στη ρυμούλκηση.

"Με συγχωρείτε", είπα, "ξέρετε τι συμβαίνει;".

"Κάποιος είπε ότι ο ελέφαντας τρελάθηκε!" είπε. Τα παιδιά κούνησαν τα κεφάλια τους ενθουσιασμένα.

Ο Ντιούκ και εγώ ανταλλάξαμε μια ματιά.

"Λοιπόν, ελάτε", είπε. "Δεν θέλω να χάσω έναν ελέφαντα που τρελαίνεται".

Δύο βοηθοί του BSO έτρεξαν δίπλα μας, με τα γουόκι-τόκι τους να βροντοφωνάζουν και μια σειρήνα έσκουζε από μακριά. Ξαφνικά, ακούστηκε μια κραυγή που διαπέρασε τα αυτιά από μια δασώδη περιοχή στα αριστερά μας.

"Άλλαξα γνώμη", είπε ο Ντιούκ. "Θα πάμε προς τα εκεί.

"Έπρεπε να σπρώξουμε τον δρόμο μας μέσα από τα πλήθη των μεσαιωνικών θεατών και των αποπροσανατολισμένων νεράιδων. Ενώ πριν ήταν διασκεδαστικό να παρακολουθούμε τον κόσμο, τώρα ήταν απλώς σουρεαλιστικό, σαν ταινία του Φελίνι. Μόλις φτάσαμε στα δέντρα, σταματήσαμε γιατί υπήρχε ένα πτώμα απλωμένο στο έδαφος. Ήταν Αφροαμερικανός, γύρω στα είκοσι, και τα χείλη του είχαν μια γαλαζωπή απόχρωση. Ήταν σίγουρα νεκρός. Η νεαρή γυναίκα που τον είχε ανακαλύψει στεκόταν εκεί κλαίγοντας, με το χέρι της στο στόμα. Ο κόσμος είχε αρχίσει να μαζεύεται γύρω της.

"Γαμώτο!" είπε ο Ντιούκ, κουνώντας λυπημένα το κεφάλι του.

"Τον ξέρεις;" Ψιθύρισα, αγχωμένη μπροστά στον θάνατο.

"Ναι, αυτός είναι ο Μάλκολμ".

"Θεέ μου! Τον σκότωσα!" Ούρλιαξα. "Αυτό είναι κακό, είναι πολύ κακό".

Τα χέρια μου έτρεμαν και ήμουν έτοιμη να καταρρεύσω τελείως, όταν ξαφνικά βρέθηκα να με τραβάει μια οικεία αγκαλιά, με μια καταπραϋντική φωνή στο αυτί μου.

"Ηρέμησε, Τζέιμι, όλα θα πάνε καλά. Απλά ανέπνευσε".

"Μα, Κιπ, είναι I-C-U, σκότωσε αυτόν τον κακομοίρη, αυτός είναι ο Μάλκολμ! Και αυτός ο ψυχοπαθής είναι ακόμα εκεί έξω, τι θα κάνουμε;"

"Πρώτα απ' όλα", είπε ο Κιπ, "δεν ξέρουμε ότι σκότωσε τον Μάλκολμ, δεν ξέρουμε καν αν πρόκειται για φόνο. Θα μπορούσε να ήταν ατύχημα, καρδιακή προσβολή, ακόμα και αυτοκτονία -ποιος ξέρει; Χρειαζόμαστε περισσότερες πληροφορίες. Ντιούκ, τι πιστεύεις; Βοήθησέ με."

Ο Ντιούκ έξυσε το φουντωτό του πηγούνι.

"Δύσκολο να πω τι συνέβη. Δεν βλέπω αίμα ή πληγές, ούτε αίμα στο έδαφος, αλλά αυτό δεν σημαίνει τίποτα, μπορεί να τον μαχαίρωσαν πισώπλατα ή να έχει τραύμα από πυροβόλο όπλο κάπου. Βλέπεις πως τα χείλη του είναι μπλε; Δεν έπαιρνε αρκετό οξυγόνο, αλλά δεν υπάρχει σημάδι στο λαιμό του, άρα δεν στραγγαλίστηκε".

"Εντυπωσιακό, Δούκα", είπα, "Τα έμαθες όλα αυτά στη σχολή των ιδιωτικών ερευνητών;"

Ο Ντιούκ κούνησε το κεφάλι του. "Δεν υπάρχει σχολή ιδιωτικού ντετέκτιβ, Τζέιμι. Και αν υπήρχε, εγώ θα ήμουν αυτός που θα έκανε κοπάνα από το μάθημα. Απλά βλέπω πάρα πολύ τηλεόραση, αυτό είναι όλο".

"Όλοι πίσω, έρχονται οι νοσοκόμοι", διέταξε μια αυταρχική φωνή πίσω μου.

Κάναμε ό,τι μας είπαν, εκτός από τον Κιπ, ο οποίος πλησίασε πιο κοντά και χτύπησε τον επικεφαλής τραυματιοφορέα, έναν εύσωμο κοκκινομάλλη, στον ώμο.

"Είμαι ο διευθυντής των πάρκων, ο Κιπ Σάιμονς, και θα χρειαστώ ένα αντίγραφο της έκθεσης του ιατροδικαστή. Το αφεντικό μου έχει ήδη πάρει την έγκριση γι' αυτό".

Ο κοκκινομάλλης γούρλωσε τα μάτια του για τη γραφειοκρατία γενικά και τον Κιπ ειδικότερα και μετά είπε: "Ό,τι πεις, φίλε. Δώσε μου την κάρτα σου και θα το τακτοποιήσω".

Αφού έβγαλε μια επαγγελματική κάρτα από το πορτοφόλι του και την παρέδωσε, ο Κιπ μας είπε τι ήξερε για τον Ταζ, τον ελέφαντα.

"Ο εκπαιδευτής έκανε διάλειμμα για τσιγάρο ανάμεσα στις βόλτες, όταν άκουσε τον Ταζ να αρχίζει να σαλπίζει. Έτρεξε προς το μέρος της και τη βρήκε τόσο ταραγμένη που σηκωνόταν και προσπαθούσε να ξεφύγει. Χρειάστηκε αρκετή ώρα για να την ηρεμήσει. Είπε ότι αν δεν ήταν αλυσοδεμένη, σίγουρα θα είχε τσακιστεί. Ο μόνος μάρτυρας είναι ένας τύπος της ΡΕΤΑ, ο Φράνσις, ο οποίος κρυβόταν στους θάμνους και κρατούσε σημειώσεις. Τον ξέρω τον τύπο, είναι πραγματικά τρελός, αυτοαποκαλείται "Άγιος Φραγκίσκος" επειδή νομίζει ότι είναι ο προστάτης άγιος των ζώων. Δεν έχει ξεκαθαριστεί ακόμα αν είναι μάρτυρας ή ο υπεύθυνος, αλλά έχει τρελαθεί, συνεχίζει και απειλεί να μηνύσει τους πάντες. Οι μπάτσοι τον παίρνουν για ανάκριση και το αφεντικό μου θέλει να είμαι εκεί. Είπε ότι οι επίτροποι ακυρώνουν το Ren-Fest μέχρι να μάθουμε τι συνέβη, κάτι που είναι απαίσιο. Αυτό είναι το νέο αγαπημένο μου μέρος και τώρα πρέπει να το κλείσω".

Γύρισε προς το μέρος μου. "Λυπάμαι, Τζέιμι, δεν είναι η ημερομηνία που είχα προγραμματίσει".

"Το ξέρω", είπα, χτυπώντας τον στον ώμο. "Δεν πειράζει. Το πρώτο μισό ήταν πολύ διασκεδαστικό και προσπαθώ να μη σκέφτομαι το δεύτερο μισό. Πήγαινε εσύ στο αστυνομικό τμήμα- είμαι σίγουρη ότι ο Ντιούκ θα με πάει σπίτι".

Η αστυνομία έπαιρνε κατάθεση από τη γυναίκα που έκλαιγε, καθώς το πλήθος άρχισε να διαλύεται. Ο Κιπ μου έδωσε ένα γρήγορο φιλί και μετά έφυγε.

"Τι περίεργη μέρα", είπα, γυρνώντας προς τον Ντουκ. "Μπορώ να σε πάω σπίτι;"

"Όχι, δεν μπορείς", είπε ο Ντιούκ με ένα μισοχαμόγελο.

"Και γιατί όχι, πες μου;"

"Επειδή κάποιος χρωστάει σε κάποιον άλλον μια κανάτα μπύρα".

"Υποθέτω ότι θα πρέπει να το ξεκαθαρίσουμε στο Big Easy", είπα, χαρούμενη για την παρέα. Δεν ήταν περίεργο που ο Ντιούκ ήταν ο αγαπημένος φίλος όλων για ποτό.

ΚΕΦΑΛΑΙΟ 15

"Είναι πάντα Μάρντι Γκρα στο Big Easy, εδώ Μπρένταν, πώς μπορώ να σας βοηθήσω;"

Ο μπάρμαν έκανε πολλαπλές εργασίες, βάζοντας τις μπύρες μας και απαντώντας στο τηλέφωνο.

"Βέβαια, εδώ είναι." Είπε ο Μπρένταν, δίνοντας το τηλέφωνο στον Ντιούκ. "Είναι η φίλη σου. Λέει ότι δεν σηκώνεις το κινητό σου. Ρε φίλε, αν είναι να γίνω γραμματέας σου, χρειάζομαι αύξηση", αστειεύτηκε. Ο Ντουκ γούρλωσε τα μάτια του σε αυτό.

"Γεια σου, αγάπη μου. Ναι, συγγνώμη, το έκλεισα όταν ήμουν στη δουλειά. Ναι, τώρα πίνω μια μπύρα με τον Τζέιμι. Θα έρθεις εδώ; Εντάξει, τα λέμε αργότερα. Κι εγώ, εντάξει, αντίο."

Έδωσε το τηλέφωνο πίσω στον Μπρένταν και πήρε μια ενισχυτική γουλιά μπύρας.

"Λοιπόν, σε περιμένει μια απόλαυση", είπε με ένα ειρωνικό χαμόγελο.

"Έτσι κατάλαβα", είπα. "Θυμάσαι την πρώτη φορά που σε συνάντησα εδώ, πριν από περίπου δύο χρόνια; Μια από τις φίλες σου εμφανίστηκε και σε χαστούκισε κατάμουτρα". Γέλασα. "Έβαλε και λίγο αγκώνα, έτσι δεν είναι; Αχ, ωραίες εποχές".

"Ναι, λοιπόν, διαφορετική κοπέλα", είπε ο Ντουκ. "Αυτή εδώ έχει πάρει τα πάνω της. Είναι έξυπνη και με καταλαβαίνει πραγματικά, αυτή η γυναίκα σχεδόν ξέρει τι σκέφτομαι".

Ήπια την Abita μου, η οποία ήταν ωραία και κρύα. "Είναι καλό αυτό; Αστειεύομαι, ακούγεται σαν να την κρατάς. Γι' αυτό μην τα σκατώσεις".

Ο Ντιούκ χαμογέλασε δειλά. Ίσως είχε επιτέλους βρει μια γυναίκα που θα μπορούσε να τον χαλιναγωγήσει, μια γυναίκα που δεν θα επιτίθετο στον χαρακτήρα του σε μια γιγαντοαφίσα με θέα τον I-95 (ακόμα κι αν το άξιζε). Σίγουρα το ήλπιζα.

"Πώς γνωριστήκατε;" Ρώτησα: "Και σε παρακαλώ, μην πεις στριπτιτζάδικο".

Ο Ντιούκ στριφογύρισε στο σκαμπό του μπαρ. "Ε, λοιπόν, γνωριζόμαστε από παλιά".

"Θα υποθέσω ότι τραγουδήσατε μαζί στη χορωδία της εκκλησίας και γι' αυτό δεν θέλεις να μου πεις. Κοίτα, να ο Κιπ. Ελπίζω να μη σε πειράζει, του έστειλα μήνυμα ότι θα είμαστε εδώ".

Ο Ντουκ έκανε νόημα για άλλη μια μπύρα. "Φυσικά και δεν με πειράζει, μου αρέσει αυτός ο τύπος. Και θέλω να ακούσω τα νέα για τον εαυτό μου. Ο καημένος ο Μάλκολμ, τι κρίμα!"

Ο Κιπ γλίστρησε στο σκαμπό του μπαρ δίπλα μου. Το μπαρ ήταν άδειο εκτός από εμάς- δεν θα είχε κόσμο μέχρι τις εννιά, όταν θα άρχιζε να παίζει η μπάντα.

"Γεια σου, μωρό μου, φαίνεσαι σαν να χρειάζεσαι ένα ποτό", είπα. Έδειχνε όντως αρκετά εξαντλημένος.

"Συμφωνώ κι εγώ", είπε, κοιτάζοντας την μπύρα μου. Αφού ο Μπρένταν τακτοποίησε τους τρεις καλύτερους πελάτες του, ο Κιπ εγκαταστάθηκε για να μας πει τι είχε μάθει.

"Δεν με εξέπληξε που άκουσα ότι ο Άγιος Φραγκίσκος' έχει καθεστώς τακτικού επιβάτη στο αστυνομικό τμήμα. Τον φέρνουν τουλάχιστον μια φορά το μήνα για δημόσια ενόχληση, αντίσταση κατά της σύλληψης και καταπάτηση, αλλά πάντα τον αφήνουν τελικά ελεύθερο. Αυτή τη φορά όμως είναι διαφορετικά, λόγω της πιθανής ανθρωποκτονίας και επειδή είναι ο μοναδικός τους μάρτυρας. Στην αρχή δεν ήθελε να συνεργαστεί, αλλά οι μπάτσοι του είπαν ότι αν αρνηθεί να δώσει κατάθεση, θα τον κατηγορήσουν για παρεμπόδιση της δικαιοσύνης. Φοβήθηκαν ότι θα επικαλεστεί την *πέμπτη θέση και θα αρνηθεί να μιλήσει*".

Έπρεπε να τον διακόψω. "Αλλά γιατί να το κάνει αυτό, μόνο και μόνο για να είναι δύσκολος; Δεν πιστεύουν ότι είχε καμία σχέση με τον θάνατο του Μάλκολμ, σωστά; Και γιατί να κάνει κακό στον ελέφαντα που προσπαθούσε να προστατεύσει; Αυτό είναι τρελό".

"Τώρα, περίμενε ένα λεπτό, Τζέιμι", είπε ο Ντιούκ. "Ακόμα κι αν δεν θα έκανε κακό στον ελέφαντα, μπορεί να τον προκάλεσε για να προκαλέσει σκηνή, ώστε να την πάρουν από το φεστιβάλ. Αυτό θέλουν αυτοί οι άνθρωποι της PETA".

Ο Κιπ ήπιε την μπύρα του, ενώ οι δυο μας συζητούσαμε. Όταν τελικά το βουλώσαμε, άφησε την μπύρα του κάτω.

"Ξέρεις πως όταν βλέπουμε μια ταινία, κάνεις πάντα ένα εκατομμύριο ερωτήσεις για το τι συμβαίνει;" Με ρώτησε.

"Ναι", απάντησα.

"Τι λέω πάντα;" Μου χάρισε ένα μισό χαμόγελο.

"Απλά περίμενε και θα μάθεις. Εντάξει, ωραία, το κατάλαβα".

"Όχι ότι μπορώ να απαντήσω σε όλες τις ερωτήσεις σου", είπε, "ο Άγιος Φραγκίσκος δεν ήταν και τόσο εξυπηρετικός. Κυρίως, απλά έλεγε για κακοποίηση ζώων και πως καλύτερα να μη συμβεί τίποτα σ' αυτόν τον ελέφαντα, αλλιώς θα γίνει κόλαση. Είπε ότι βρισκόταν εκεί δίπλα στον ελέφαντα επειδή η PETA διατηρεί πάντα κάποιον στο χώρο για να καταγγέλλει την κακοποίηση, όπως το σκούντημα με γάντζο ταύρου. Ήταν απασχολημένος με το να κρατάει σημειώσεις όταν ένας άνδρας ντυμένος γελωτοποιός τον προσπέρασε και έδειξε κάτι στον Ταζ. Ο Φράνσις άκουσε ένα κλικ και στη συνέχεια είδε μια λάμψη σαν αστραπή. Τότε ήταν που συνειδητοποίησε ότι ο άνδρας είχε χτυπήσει τον Ταζ με ηλεκτροσόκ! Δεν μπορούσε να αναγνωρίσει τον τύπο παρά μόνο να πει ότι ήταν μέσου ύψους και είχε χλωμά χέρια".

Ο Ντιούκ σφύριξε. "Γιατί στο διάολο θα

μπορούσε κάποιος να κάνει Τέιζερ σε έναν ελέφαντα; Αυτό είναι κάποιο αρρωστημένο κάθαρμα".

Ρώτησα: "Πιστεύεις ότι είναι ο βάνδαλος του πάρκου, Κιπ;"

Ο Κιπ κούνησε το κεφάλι του. "Ο βάνδαλος έχει κάνει πολλές ζημιές τους τελευταίους μήνες, αλλά μοιάζει περισσότερο με φαρσέρ. Δεν έχει βλάψει ποτέ ζώο ή άνθρωπο".

"Λοιπόν, τι γίνεται με τον Μάλκολμ; Πού κολλάει αυτός;" ρώτησε ο Ντιούκ.

"Δεν ξέρουμε ακόμα, ο Φράνσις ορκίστηκε ότι δεν ήξερε τίποτα για τον Μάλκολμ. Λέει ότι δεν άφησε ποτέ τη θέση του δίπλα στον ελέφαντα. Θα πρέπει να περιμένουμε την έκθεση του ιατροδικαστή για να μάθουμε αν πρόκειται για ανθρωποκτονία".

Κούνησα το κεφάλι μου. "Κάποιος κάνει ηλεκτροσόκ σε έναν ελέφαντα και ένας άλλος τύπος καταλήγει νεκρός περίπου την ίδια ώρα, πρέπει να συνδέονται".

"Έτσι θα έλεγε κανείς", συμφώνησε ο Ντουκ.

Εκείνη τη στιγμή, είδα κάποιον να μπαίνει στο μπαρ, κάποιον που γνώριζα αλλά σίγουρα δεν ήθελα να του μιλήσω. Θα μπορούσες να πεις ότι υπήρχε κακό αίμα μεταξύ μας. Αυτό είναι το πρόβλημα με το να ζεις στο Χόλιγουντ - είναι τόσο μικρό που δεν μπορείς να αποφύγεις να πέσεις πάνω σε ανθρώπους που γνωρίζεις. Ήμουν σίγουρη ότι αυτό δεν θα είχε καλό τέλος.

"Μην κοιτάξεις τώρα, Ντιούκ", είπα ήσυχα, προσπαθώντας να είμαι διακριτικός, "αλλά κάποιος από το παρελθόν σου μόλις μπήκε μέσα. Ίσως να θέλεις να βγεις κρυφά από πίσω πριν τα πράγματα χειροτερέψουν".

Κοίταξε ψηλά, παρόλο που του είχα πει να μην το κάνει, και πήδηξε από το σκαμπό του μπαρ. Νόμιζα ότι ακολουθούσε τη συμβουλή μου και πήγαινε στο δρόμο, αλλά όχι, πήγαινε κατευθείαν προς το μέρος της, της αρχιεχθρούς του, της γυναίκας που είχε περιφρονήσει, αυτής που δεν θα σταματούσε μπροστά σε τίποτα στην προσπάθειά της να τον καταστρέψει. Όταν οι δυο τους περπάτησαν προς το μέρος μας, έμεινα άναυδος, και όταν ο Ντιούκ έβαλε το χέρι του γύρω της, παραλίγο να πέσω από το σκαμνί μου.

"Κιπ", είπε, "θα ήθελα να σου γνωρίσω την κοπέλα μου, την Κάντι Μπρουσάρντ".

ΚΕΦΑΛΑΙΟ 16

"Χάρηκα για τη γνωριμία, Κάντι", είπε ο Κιπ, θερμά. "Καλά άκουσα - το επώνυμό σου είναι Μπρουσάρντ;"

"Σίγουρα." Η Κάντι ακτινοβόλησε τον Ντιούκ από την κορυφή των τριών ιντσών στιλέτο της. "Κράτησα το όνομα του πρώην μου. Δεν ήταν πολύ χαρούμενος γι' αυτό τότε, αλλά το ξεπέρασε".

"Εσείς οι δύο... ήσασταν παντρεμένοι;" ρώτησε ο Κιπ, προσπαθώντας να αφομοιώσει αυτή την πληροφορία.

Νόμιζα ότι το κεφάλι μου θα εκραγεί. Δεν μπορούσα να στέκομαι εκεί άλλο ένα λεπτό και να την βλέπω να γελοιοποιεί τον Ντουκ -για άλλη μια φορά. Χωρίς να πω κουβέντα έφυγα, δραπετεύοντας προς την τουαλέτα γυναικών που, ευτυχώς, μόλις είχε καθαριστεί. Απ' όλες τις γυναίκες του κόσμου, γιατί ο Ντουκ έπρεπε να τα βάλει μαζί της; Είχαν πάρει ένα τόσο άσχημο διαζύγιο και όταν τελείωσε, η μόνη που είχε μείνει όρθια ήταν η Κάντυ. Είχε φύγει με τα περισσότερα χρήματα του Ντιούκ και ένα μεγάλο κομμάτι του αυτοσεβασμού του. Τι περισσότερο θα μπορούσε να θέλει από εκείνον; Ξέρω ότι οι εκδικήσεις είναι κόλαση, αλλά δεν θα έπρεπε να τελειώσουν κάποια στιγμή; Πώς θα μπορούσα να πάω εκεί έξω και να το παίξω καλός; Δεν χρειαζόμουν αυτόν τον πονοκέφαλο- είχα ήδη αρκετά προβλήματα με έναν δυνητικά δολοφονικό διώκτη, έναν φίλο που ακροβατούσε στα όρια της κατάθλιψης, έναν νεκρό ιδιωτικό ντετέκτιβ, έναν βάνδαλο στο πάρκο και έναν χαμένο πατέρα που προσπαθούσε να φύγει από τη Νικαράγουα.

Όταν άκουσα κάποιον να ανοίγει την πόρτα της τουαλέτας, μπήκα σε μια καμπίνα. Τα τακούνια που έκαναν κλικ στα τακούνια σταμάτησαν ακριβώς μπροστά στην πόρτα μου. Αναγνώρισα τα κόκκινα στιλέτα της.

"Αυτό είναι πασμένο", είπα με έντονη φωνή.

"Έχεις πρόβλημα μαζί μου, Τζέιμι; Ζηλεύεις ή κάτι τέτοιο;"

Άνοιξα την πόρτα, έξαλλη. "Τι τρέχει με σένα, Κάντι Μπρουσάρντ; Γιατί δεν μπορείς να τον αφήσεις επιτέλους ήσυχο;"

"Το ήξερα ότι αυτό θα σε έκανε να ανοίξεις την πόρτα", είπε αυτάρεσκα.

Την κοίταξα επίμονα. Στα τρία χρόνια που πέρασαν από τότε που διασταυρωθήκαμε, είχε μεταμορφωθεί σε μια νέα και βελτιωμένη εκδοχή του εαυτού της, την Κάντι 2.0. Υποθέτω ότι το να έχεις χρήματα συμφωνούσε μαζί της. Αντί για τα λευκασμένα ξανθά μαλλιά που συνήθιζε να επιδεικνύει, είχε τώρα επαγγελματικές ανταύγειες και ενώ εξακολουθούσε να φοράει πολύ μακιγιάζ, είχε μειώσει και αυτό τον τόνο. Τα ρούχα της ήταν κομψά και ακριβά και η συνολική της εμφάνιση ήταν εκλεπτυσμένη. Τουλάχιστον τώρα ντυνόταν στην ηλικία της και άφηνε το ντεκολτέ της στη φαντασία.

"Ο Ντιούκ είπε ότι θα είσαι έτσι", είπε, κοιτάζοντάς με κατάματα, με σταυρωμένα τα χέρια, αποπνέοντας μεγάλη συμπεριφορά.

"Να είσαι σαν τι;" Απαίτησα, με τη φωνή μου να κλιμακώνεται. "Τρομοκρατημένη που μπήκες ξανά στη ζωή του; Και βέβαια είμαι! Τον μισείς στ' αλήθεια, και όλος ο κόσμος το ξέρει, χάρη στην πλούσια διαφημιστική σου καμπάνια. Τι είδους αρρωστημένο παιχνίδι παίζεις;"

"Πώς τολμάς!" Φώναζε κι εκείνη τώρα, με τα μάτια της να στενεύουν και τα ρουθούνια της να φουσκώνουν. "Δεν είμαι εγώ αυτή που έκλεβε! Το ξέχασες αυτό; Φυσικά και ήμουν θυμωμένη και έκανα κάποια πράγματα για τα οποία δεν είμαι περήφανη, αλλά αυτό δεν σε αφορά, γαμώτο".

Πήρα μια βαθιά ανάσα και την κατέβασα λίγο. Αρκετές βαθμίδες. "Έχεις δίκιο, δεν με αφορά, αλλά, το είπες και μόνη σου, σε απάτησε. Οπότε, γιατί επέστρεψε;"

"Εξακολουθεί να μη σε αφορά, γαμώτο, αλλά, αν θες να ξέρεις, είπε ότι άλλαξε".

Κοίταξα κάτω στο πάτωμα. Ήμουν έτοιμη να πω κάτι που θα μετάνιωνα, αλλά το είπα ούτως ή άλλως. "Σου πέρασε από το μυαλό ότι ίσως είναι απλά έτσι φτιαγμένος; Δεν λέω ότι είναι απατεώνας, αλλά ίσως να μην είναι καλός στη... μονογαμία".

Με κοίταξε στα μάτια, ρίχνοντάς μου ένα παγωμένο μπλε βλέμμα. "Είπε ότι άλλαξε εξαιτίας σου. Ποτέ πριν δεν είχε γυναίκα φίλη, όχι όλα αυτά τα χρόνια που τον ξέρω. Και γι' αυτό τον πίστεψα".

Μετά έφυγε με ορμή από το μπάνιο, αφήνοντάς με να κοιτάζω την ίδια μου την αντανάκλαση.

ΚΕΦΑΛΑΙΟ 17

Στο μυαλό μου, η Κάντι ήταν πάντα άπληστη και καιροσκόπος, η εκδικητική πρώην σύζυγος, ο κακός της ιστορίας. Στον πραγματικό κόσμο, όμως, σπάνια είναι τόσο απλά τα πράγματα, ειδικά σε περίπτωση διαζυγίου. Κάποιος είχε σταθεί εμπόδιο στην ευτυχία του Δούκα εκείνη την ημέρα και τελικά ήμουν εγώ. Όσο κι αν δεν ήθελα να αντιμετωπίσω την Κάντι πριν από το περιστατικό στο μπάνιο, μετά ήταν δέκα φορές χειρότερα. Δυστυχώς, δεν είχα πέτρα για να συρθώ κάτω από αυτήν, οπότε επέστρεψα στο μπαρ, ταπεινωμένη και μετανιωμένη.

Μπορούσα να νιώσω την ένταση στον αέρα. Ο Κιπ και ο Ντουκ έδειχναν επιφυλακτικοί και νευρικοί, όπως κάνουν οι άντρες όταν οι φίλες τους μόλις είχαν έναν καυγά στις γυναικείες τουαλέτες. Η Κάντι είχε γυρίσει την πλάτη της σε μένα, παραγγέλνοντας ένα ποτό. Την χτύπησα ελαφρά στον ώμο.

"Κάντι, θέλω απλώς να σου ζητήσω συγγνώμη. Παραφέρθηκα πολύ. Μπορούμε να ξεκινήσουμε από την αρχή;"

Με κοίταξε με αποτιμητικό βλέμμα, ανασηκώνοντας το ένα τέλειο φρύδι.

"Μπορείς να ξεκινήσεις κερνώντας με ένα ποτό, και θα δω πώς θα νιώσω μετά από αυτό".

Χαμογέλασε και εγώ ανέπνευσα με ανακούφιση. Τότε στράφηκα κατά του Δούκα.

"Ευχαριστώ για την προειδοποίηση, φίλε. Όλο αυτό το πράγμα θα μπορούσε να είχε σκάσει στα μούτρα σου και θα σου είχε κάνει καλό".

Ο Ντουκ γέλασε νευρικά. "Δεν ανησύχησα. Ήξερα ότι εσείς οι δύο θα τα καταφέρνατε".

Ο Κιπ παραλίγο να πνιγεί από την μπύρα του. "Ήσουν τρομοκρατημένος, Ντιουκ, παραδέξου το". Γύρισε προς το μέρος μου. "Έπρεπε να δεις το πρόσωπό του όταν η Κάντι σε ακολούθησε στο μπάνιο, ήταν κλασικό!"

Το να το φαντάζομαι αυτό με έκανε να γελάσω. "Πήρες τη δειλή λύση, Ντουκ. Εννοώ, σοβαρά, είμαι πραγματικά τόσο τρομακτικός;"

Για ένα δευτερόλεπτο, κανείς δεν είπε τίποτα και τότε η Κάντι συνέχισε: "Έχεις τις στιγμές σου".

Ο Κιπ σήκωσε το ποτήρι του σε μια πρόποση: "Στον Τζέιμι, τον πιο τρομακτικό δικηγόρο που ξέρουμε!"

Τότε όλοι τσουγκρίσαμε τα ποτήρια μας, ακόμα κι εγώ.

〰

Στο τέλος της βραδιάς, αφού έφυγε η Κάντι, επιστρέψαμε στο θέμα, έστω και για λίγο. Ο Ντιούκ είπε ότι επρόκειτο να δουλέψει με την οπτική γωνία του Μάλκολμ, εντοπίζοντας τα χρήματα που κατατέθηκαν στον λογαριασμό του Μάλκολμ και εντοπίζοντας τα μηνύματα ηλεκτρονικού ταχυδρομείου και τα μηνύματα που είχε λάβει. Όλοι συμφώνησαν ότι ο βάνδαλος του πάρκου δεν αποτελούσε προτεραιότητα. Τι κι αν έβαζε σε σειρά τα τραπέζια του πικνίκ για να γράψει: "Είσαι χάλια!" - τουλάχιστον δεν σκότωνε κανέναν.

Ο Κιπ είπε ότι επρόκειτο να συναντηθεί με το αφεντικό του και τους επιτρόπους της κομητείας τη Δευτέρα. Ειδικά ένας επίτροπος, ένας παλιός που λεγόταν Ντίλαρντ Γουίλιαμς ("Ντίλι" για τους φίλους του), ήταν δύσκολος. Αν ο Ντίλι έκανε ό,τι ήθελε, όχι μόνο το Ren-Fest θα έκλεινε, αλλά και τα μισά πάρκα. Ήταν υπέρ της ανάπτυξης και παραπονιόταν ότι τα πάρκα ήταν σπατάλη της πιο πολύτιμης γης στην κομητεία Broward.

Αφού δεν είχα αποστολή, επινόησα τη δική μου. Είπα ότι θα τηλεφωνούσα σε μαγαζιά με κοστούμια για να δω αν κάποιος είχε αγοράσει ή νοικιάσει μια στολή γελωτοποιού και θα έψαχνα επίσης από πού θα μπορούσε να αγοράσει κανείς ένα Τέιζερ σε τοπικό επίπεδο. Φυσικά συνειδητοποίησα ότι οτιδήποτε θα μπορούσε να παραγγελθεί μέσω διαδικτύου (το πιο πιθανό σενάριο), αλλά σκέφτηκα να το ελέγξω ούτως ή άλλως. Είχα επίσης ένα άλλο σχέδιο στο μυαλό μου, το οποίο ήταν μάλλον επικίνδυνο και σίγουρα τρελό, οπότε το κράτησα για τον εαυτό μου.

BARBARA VENKATARAMAN

επικίνδυνο και σίγουρα τρελό, οπότε το κράτησα για τον εαυτό μου.

ΚΕΦΆΛΑΙΟ 18

Είπα στον Κιπ ότι σκόπευα να καθαρίσω το σπίτι μου και να κάνω δουλειές την Κυριακή, πράγμα που ήταν μόνο εν μέρει αλήθεια. Είχα επίσης σκοπό να κάνω και άλλα πράγματα. Μέχρι τις οκτώ το πρωί, ήμουν ήδη στον υπολογιστή μου και στο δεύτερο φλιτζάνι καφέ μου, ένα επίτευγμα για τα δεδομένα μου, αλλά ήμουν σε αποστολή, αποφασισμένη να βοηθήσω τον Κιπ, να ψάξω για τον δολοφόνο του Μάλκολμ και να σώσω τον κόσμο από τους κακούς γελωτοποιούς.

Ευτυχώς, ο Φράνσις από την ΡΕΤΑ είχε παράσχει στην αστυνομία λεπτομερή περιγραφή της στολής του γελωτοποιού, είχε μάλιστα ζωγραφίσει και μια εικόνα την οποία ο Κιπ μου είχε στείλει με μήνυμα. Βρήκα αμέσως τη στολή στο διαδίκτυο, πωλούνταν από την Party City· μόνο η μάσκα ήταν διαφορετική. Η έκδοση της Party City είχε μια μάσκα με χαμογελαστό κρανίο (ένας γελωτοποιός του Χάλοουιν;), αλλά ο γελωτοποιός μας φορούσε μια μάσκα του

Μάρντι Γκρα από μωβ, πράσινο και κίτρινο χρώμα. Φαντάστηκα ότι έτσι ήταν πιο εύκολο να αναμειχθεί στο Ren-Fest. Υπήρχε ένα Party City κοντά που ήταν ανοιχτό την Κυριακή και σκέφτηκα να σταματήσω εκεί, ίσως κάποιος εκεί να θυμόταν έναν αταίριαστο γελωτοποιό. Αλλά, όταν σκέφτηκα ότι υπήρχαν άλλα τρία καταστήματα Party City στην περιοχή και ότι η στολή ήταν επίσης διαθέσιμη στο διαδίκτυο, άλλαξα γνώμη και αποφάσισα να τηλεφωνήσω.

Πάμε στο επόμενο πράγμα, το Τέιζερ. Έμαθα ότι είναι εξίσου εύκολο να αγοράσεις ένα Τέιζερ όσο είναι να αγοράσεις ένα όπλο, δηλαδή πολύ εύκολο, "σοκαριστικά" εύκολο (συγγνώμη, δεν μπόρεσα να αντισταθώ). Δεν χρειάζεστε άδεια και δεν υπάρχει μητρώο για να ανησυχείτε και, ναι, μπορείτε να αγοράσετε ένα στο διαδίκτυο. Οι συσκευές Τέιζερ δεν θεωρούνται πυροβόλα όπλα και μπορούν να μεταφέρονται νόμιμα (κρυφά ή ανοιχτά) χωρίς άδεια σε 45 πολιτείες.

Το Τέιζερ χρησιμοποιεί ηλεκτρικό ρεύμα για να διαταράξει τον εκούσιο έλεγχο των μυών. Τα ηλεκτρόδια παράγουν έναν σπινθήρα που θερμαίνει τον αέρα και ο θερμαινόμενος αέρας παράγει αυτόν τον ήχο κλικ, με τον ίδιο τρόπο που παράγεται ο κεραυνός από την αστραπή. Αν και τα Τέιζερ υποτίθεται ότι αποτελούσαν εναλλακτική λύση στη θανατηφόρα βία, έχουν σκοτώσει αρκετούς ανθρώπους. Η Διεθνής Αμνηστία αναφέρει 500 θανάτους από Τέιζερ από το 2012. Ορισμένα από τα θύματα είχαν προϋπάρχουσες παθήσεις που τα καθιστούσαν ευάλωτα, αλλά άλλα ήταν νέα και υγιή. Το Τέιζερ σκοτώνει διακόπτοντας τον καρδιακό ρυθμό ενός ατόμου- είναι επίσης βασανιστικά επώδυνο να δέχεσαι Τέιζερ. Με άλλα λόγια, κανείς δεν σφίγγει τα δόντια και δεν το βουλώνει όταν τον χτυπάνε με τέιζερ, αλλά ουρλιάζει σαν τρελός. Αν δεν με πιστεύετε, δείτε τα βίντεο στο YouTube. Αφού ολοκλήρωσα την έρευνά μου, δεν ήμουν πιο κοντά στο να καταλάβω γιατί κάποιος θα ήθελε να κάνει ηλεκτροσόκ σε έναν ελέφαντα. Το να είμαι κακός και σαδιστής εξακολουθούσε να είναι η καλύτερη εικασία μου.

Ήρθε η ώρα για το τρελό μέρος του σχεδίου μου, ένα σχέδιο τόσο επικίνδυνο όσο και ακαταμάχητο. Ορκίζομαι ότι δεν ήμουν μεθυσμένος όταν το σκέφτηκα, αλλά μου είχε περάσει από το μυαλό ότι ο θάνατος του Μάλκολμ δημιουργούσε μεγάλο πρόβλημα για την I-C-U. Ακόμα κι αν ο I-C-U δεν είχε σκοτώσει τον Μάλκολμ (και δεν το πίστευα ούτε λεπτό), θα έπρεπε να ανησυχεί ότι κάποιος θα μπορούσε να τους συνδέσει. Αν είχε αρχίσει να αισθάνεται την πίεση, τότε το μόνο λογικό πράγμα που έπρεπε να κάνει ήταν να την εντείνει. Αν αυτό ήταν μια παρτίδα σκάκι, τότε είχα κουραστεί να είμαι το πιόνι του.

Δημιούργησα έναν νέο λογαριασμό ηλεκτρονικού ταχυδρομείου με ένα όνομα χρήστη που πίστευα ότι θα εκτιμούσε ο I-C-U. Ήξερα ότι στέλνοντας ένα μήνυμα ηλεκτρονικού ταχυδρομείου στον λογαριασμό του στο Gmail θα έδειχνε κατευθείαν πίσω σε μένα, ακόμη και αν προερχόταν από έναν άγνωστο λογαριασμό, αλλά δεν με ένοιαζε. Δεν είχα άλλο τρόπο να τραβήξω την προσοχή του. Πριν προλάβω να δειλιάσω, πληκτρολόγησα το μήνυμα και πάτησα αποστολή.

ΠΡΟΣ: I-C-U@Gmail.com

FROM: DeadEndJob@Gmail.com

RE: ΆρμστρογκΑνοίγει θέση για ιδιωτικό ντετέκτιβ

Ζητείται ιδιωτικός ντετέκτιβ για μυστικές έρευνες. Πρέπει να έχει κάμερα, αγάπη για τη φύση είναι ένα συν. Καλύτερα να βιαστείτε, οι άνθρωποι πεθαίνουν για να πάρουν αυτή τη δουλειά.

Η δική σου κίνηση, σκέφτηκα.

ΚΕΦΑΛΑΙΟ 19

Δεν είπα σε κανέναν τι είχα κάνει, καθώς δεν ήμουν σίγουρη ότι είχα κάνει πραγματικά κάτι. Ίσως η I-C-U δεν χρησιμοποιούσε πια αυτόν τον λογαριασμό. Ίσως άλλαξε λογαριασμούς όπως άλλαξαν οι άλλοι τα ρούχα τους. Ίσως υπεραναλύω την κατάσταση. Μου ήταν δύσκολο να σκέφτομαι σαν κυνηγός, ειδικά από τη στιγμή που πρόσφατα ήμουν εγώ ο κυνηγός. Το μόνο που ήξερα ήταν ότι, ως χόμπι, η παρακολούθηση ήταν πολύ πιο αγχωτική από ό,τι ήταν ποτέ η διακόσμηση κέικ ή η σταυροβελονιά.

Κάθισα εκεί και κοίταζα τον υπολογιστή μου σαν να ήταν έτοιμος να εκραγεί- μετά έφυγα. Στο διάολο με το I-C-U! Ήταν μια όμορφη μέρα και σκόπευα να την απολαύσω. Φόρεσα το μαγιό μου, πήρα μια πετσέτα και πήγα στην παραλία του Χόλιγουντ, όπου κολύμπησα στον ζεστό Ατλαντικό, έσφιξα την υγρή άμμο κάτω από τα δάχτυλα των ποδιών μου και άφησα το απαλό αεράκι να χαϊδέψει το πρόσωπό μου. Μετά το μπάνιο μου, έκανα μια μεγάλη βόλτα στο Broadwalk, πίνοντας λεμονάδα και χαμογελώντας σε όλους σαν να μην με ένοιαζε τίποτα στον κόσμο. Κατάλαβα γιατί ο Κιπ αγαπούσε τόσο πολύ να είναι έξω-η φύση είχε έναν τρόπο να βάζει τα πράγματα σε μια άλλη προοπτική.

Ξεπλύθηκα από την εξωτερική βρύση και στη συνέχεια τράβηξα το δρόμο μου μέσα από το αμμώδες πάρκινγκ προς το αυτοκίνητό μου. Ο χρόνος στην παραλία ήταν ακριβώς αυτό που χρειαζόμουν και μια πολύ καλύτερη επιλογή από το να καθαρίζω το σπίτι μου. Καθώς οδηγούσα στο σπίτι, χτύπησε το κινητό μου. Ήταν ο Ντιούκ.

"Γεια", είπα, "παίρνεις να ζητήσεις συγγνώμη για τη μικρή σου ενέδρα χθες το βράδυ;".

"Φυσικά όχι, αγάπη μου. Με συγχώρεσες ήδη, δεν θυμάσαι;" Γέλασε.

"Πρέπει να ήμουν μεθυσμένος, αν το έκανα αυτό", είπα. "Τέλος πάντων, έχω βαρεθεί να παρεμβαίνω στην ερωτική σου ζωή. Ελπίζω μόνο να ξέρεις τι κάνεις".

"Δεν ανησυχώ", είπε. "Αν τα πράγματα πάνε άσχημα, ξέρω την καλύτερη δικηγόρο της πόλης και την έχω στην ταχεία κλήση".

Ήταν η σειρά μου να γελάσω. "Νόμιζα ότι ήξερα όλους τους δικηγόρους της πόλης. Θα πρέπει να με συστήσεις σε αυτή τη γυναίκα-θαύμα κάποια στιγμή. Λοιπόν, τι σκαρώνεις;"

"Δουλεύω και ήθελα να σε ενημερώσω".

Ένιωσα να εξαφανίζεται αυτό το υπέροχο συναίσθημα της παραλίας. Μου φάνηκε άδικο, αφού φορούσα ακόμα το μαγιό μου και ήμουν καλυμμένη με άμμο.

"Ουάου, δουλεύεις Κυριακή. Τι ανακάλυψες;" Ρώτησα.

Εκείνος αναστέναξε. "Όχι όσα ήλπιζα. Δεν μπόρεσα να εντοπίσω τα γραπτά μηνύματα που έλαβε ο Μάλκολμ, επειδή προέρχονταν από καρτοκινητό. Ο τεχνικός μου προσπαθεί ακόμα να εντοπίσει τα μηνύματα ηλεκτρονικού ταχυδρομείου, αλλά έμαθα κάτι ενδιαφέρον".

"Τι είναι αυτό;"

"Εντόπισα τα χρήματα που κατατέθηκαν στον λογαριασμό του Μάλκολμ".

"Και...;" Μπορούσα να καταλάβω ότι απολάμβανε τη στιγμή.

"Δεν θα το πιστέψεις, Τζέιμι".

"Λοιπόν, θα μου το πεις ποτέ;"

"Τα χρήματα προήλθαν από την κομητεία Μπρόουαρντ", είπε.

"Από την κομητεία Μπρόουαρντ τι;"

"Από την κυβέρνηση της κομητείας Μπρόουαρντ, Τζέιμι, όπως και η ίδια η κομητεία".

Γινόμουν όλο και πιο μπερδεμένος από λεπτό σε λεπτό. "Εννοείς ότι κάποιος χάκαρε τον τραπεζικό τους λογαριασμό και έκλεψε τα χρήματα;"

"Όχι. Ο Μάλκολμ Άρμστρονγκ πληρωνόταν από την κομητεία. Δούλευε γι' αυτούς".

ΚΕΦΑΛΑΙΟ 20

"Οπότε, τότε σου είπε ψέματα", είπα ξεκάθαρα.

"Όχι, δεν το έκανε", απάντησε ο Ντιούκ.

Ίσως ήμουν πολύ καιρό στον ήλιο, αλλά ο Ντιούκ δεν έβγαζε νόημα. Οδηγούσα ακόμα στον U.S. 1, κολλημένος πίσω από ένα αυτοκίνητο Καναδών χιονοπούλων που έκαναν μια χαλαρή κυριακάτικη βόλτα. Ήθελα πολύ να γυρίσω σπίτι και να κάνω ντους- η ξεραμένη άμμος είχε αρχίσει να με τρώει.

"Μα σου είπε ότι δεν ήξερε ποιος τον προσέλαβε", απάντησα. "Κοίτα, δεν χρειάζεται να τον υπερασπίζεσαι μόνο και μόνο επειδή είναι ιδιωτικός ντετέκτιβ, Ντιουκ. Οι άνθρωποι λένε συνέχεια ψέματα. Το είπες κι εσύ ο ίδιος".

"Και επιμένω στα λόγια μου, Τζέιμι, αλλά το αγόρι μας, ο Μάλκολμ, δεν είχε ιδέα. Τα χρήματα προέρχονταν από την κομητεία Μπρόουαρντ, εντάξει, αλλά δρομολογήθηκαν μέσω ενός σωρού άλλων λογαριασμών για να φαίνονται σαν έξοδα ταξιδιού. Κάποιος κάλυψε τα ίχνη του πολύ καλά και θα μου πάρει λίγο χρόνο να το ξεκαθαρίσω".

"Τώρα το καταλαβαίνω", είπα, και στη συνέχεια πρόσθεσα: "Ω, τι μπερδεμένο ιστό πλέκουμε όταν πρώτα εξασκούμαστε στο να εξαπατάμε".

Αν ένα πτυχίο στην Αγγλική Φιλολογία ήταν καλό για κάτι, ήταν για να αναφέρεις τον Σερ Γουόλτερ Σκοτ. Και το να κάνεις ασαφείς λογοτεχνικές αναφορές ήταν ένα σπουδαίο κόλπο για πάρτι - αν σε καλούσαν ποτέ σε πάρτι, δηλαδή.

"Μη μου το παίζεις Σαίξπηρ", είπε ο Ντιούκ. "Νομίζω ότι το Αναγεννησιακό Φεστιβάλ πρέπει να επηρέασε το μυαλό σου".

"Ω, Ντιούκ", πείραξα, "Αυτό δεν ήταν Σαίξπηρ, αλλά αν θέλεις λίγο Σαίξπηρ, ορίστε ένα απόσπασμα που μπορείς να το καταλάβεις: "Η πορεία της αληθινής αγάπης ποτέ δεν κύλησε ομαλά".

Εκείνος αναστενάζει. "Ώρα να πούμε αντίο, κυρία Esquire".

"Ευχαριστώ για όλα, Δούκα, είσαι η βόμβα!"

"Φυσικά και είμαι", είπε. "Υποθέτοντας ότι αυτό είναι καλό."

~

Στο σπίτι, φρέσκος από το ντους με τα μαλλιά μου τυλιγμένα σε μια πετσέτα, ανέλυσα αυτές τις νέες πληροφορίες. Μου φάνηκε λογικό να σκεφτώ ότι αν η I-C-U είχε προσλάβει τον Μάλκολμ και τον πλήρωνε με χρήματα της κομητείας του Μπρόουαρντ, τότε η I-C-U πιθανώς δούλευε για την κομητεία. Ποιος άλλος θα ήθελε τον Κιπ να "κάνει πίσω", αν όχι ένας υπάλληλος της κομητείας; Αλλά ο I-C-U θα έπρεπε να είναι υψηλόβαθμος, ή τουλάχιστον να εργάζεται στη μισθοδοσία, για να καταφέρει ένα τόσο περίπλοκο λογιστικό τέχνασμα. Στοιχημάτιζα ότι ήταν άτομο με εξουσία, ένας πραγματικός μεγαλομανής. Το να προσλάβει έναν ιδιωτικό ντετέκτιβ για να κατασκοπεύσει έναν συνάδελφό του και στη συνέχεια να βάλει την κομητεία να πληρώσει γι' αυτό, απαιτούσε σοβαρό θράσος. Προσθέστε και τον ύποπτο θάνατο του Μάλκολμ και είχατε μπροστά σας έναν πιθανό κοινωνιοπαθή - έναν κοινωνιοπαθή που προσπαθούσα να ανταγωνιστώ, για κάποιο λόγο. Επιφυλακτικός αλλά περίεργος, έλεγξα το ηλεκτρονικό μου ταχυδρομείο για μια απάντηση από το I-C-U, αλλά δεν υπήρχε τίποτα, ούτε και ανταπόκριση. Ανακουφίστηκα και ταυτόχρονα απογοητεύτηκα.

Έπρεπε να πάρω μια απόφαση - θα έπρεπε να πω στον Κιπ τι είχα μάθει; Από τη μία πλευρά, ήταν στην καλύτερη θέση για να κατασκοπεύσει μέσα από το σύστημα. Από την άλλη πλευρά, πιθανόν να προειδοποιούσε την I-C-U ερευνώντας. Σίγουρα, κάποιος τόσο έξυπνος όσο η I-C-U θα είχε δικλείδες ασφαλείας. Το να πει στον Κιπ να ψάξει για τον I-C-U θα ήταν σαν να έλεγε στη μπέιμπι σίτερ ότι το τηλεφώνημα έρχεται μέσα από το σπίτι. Ξέρεις ότι δεν θα έχει καλό τέλος. Το να περιμένεις μερικές μέρες φαινόταν μια συνετή κίνηση. Πες με εγωίστρια, αλλά δεν ήθελα το αγόρι μου να έρθει αντιμέτωπο με έναν κοινωνιοπαθή.

Ήταν καιρός να τελειώσω την αποστολή μου, οπότε τηλεφώνησα και στα τέσσερα καταστήματα της Party City, αλλά κανείς δεν θυμόταν έναν ασυνήθιστο γελωτοποιό. Όπως μου εξήγησε ένας υπάλληλος, "Κυρία μου, εδώ είναι η Νότια Φλόριντα, βλέπουμε παράξενους ανθρώπους κάθε μέρα".

ΚΕΦΆΛΑΙΟ 21

Ήταν Δευτέρα πρωί και είχα προγραμματισμένο διαζύγιο χωρίς αμφισβήτηση στο δικαστήριο. Η ακρόαση ήταν σύντομη, αλλά γλυκόπικρη. Είναι ο σπάνιος πελάτης που δεν ανατριχιάζει όταν η παλιά του ζωή κηρύσσεται επίσημα παρελθόν και, επειδή είναι οδυνηρό και λυπηρό, πάντα με κάνει και εμένα λίγο συναισθηματική. Το να είσαι μάρτυρας αυτού του ορόσημου στη ζωή ενός άλλου ανθρώπου είναι μεγάλη ευθύνη, που δεν πρέπει να την παίρνεις ελαφρά τη καρδία. Γι' αυτό, αν ήταν στο χέρι μου, θα έκανα μόνο υιοθεσίες κάθε μέρα, τραβώντας φωτογραφίες κάθε νεογέννητης οικογένειας με ένα χαμόγελο στο πρόσωπό μου που δεν ξεθωριάζει ποτέ. Αλλά αυτό ήταν απλώς ευσεβής πόθος από μέρους μου.

Δούλευα κατά τη διάρκεια του μεσημεριανού γεύματος, καλύπτοντας τη γραφειοκρατία (όχι πραγματικό χαρτί, έπρεπε να υποβάλλουμε ηλεκτρονικό φάκελο τώρα), όταν η ρεσεψιονίστ χτύπησε για να μου πει ότι είχα μια επισκέπτρια, μια κυρία Άννα Μαρία Σουάρες. Υπήρχε ακριβώς ένας λόγος που η Άννα Μαρία βρισκόταν εκεί - είχε λάβει μια επιστολή από το μεταναστευτικό. Ενστικτωδώς, ένιωσα ότι έπρεπε να είναι καλά νέα, γιατί αλλιώς να διασχίσει την πόλη την ώρα του μεσημεριανού της γεύματος; Από την άλλη, αν ήταν άσχημα νέα, θα ήθελε να μου τα πει αυτοπροσώπως. Ήξερε ότι έψαχνα τον πατέρα μου από τότε που ήμουν παιδί. Και τώρα ένα κομμάτι χαρτί (πραγματικό χαρτί) αποτελούσε το μόνο εμπόδιο στην ευτυχία μου. Προετοιμάστηκα για το χειρότερο και μετά εισήγαγα την πιο ευγενική γυναίκα στον πλανήτη. Αν και ένιωθα ότι γνώριζα την Άννα Μαρία από πάντα, στην πραγματικότητα είχε περάσει λιγότερο από ένας χρόνος.

Μια μικροκαμωμένη γυναίκα με κυματιστά ξανθά μαλλιά και ένα πλατύ χαμόγελο, η Άννα Μαρία είχε νιώσει σαν οικογένεια από την αρχή. Υποθέτω ότι ήταν η μητριά μου, αλλά δεδομένου ότι οι γονείς μου δεν είχαν παντρευτεί ποτέ, αυτό δεν μου φαινόταν σωστό. Ήταν περισσότερο σαν υποκατάστατη μητέρα, πάντα έτοιμη με μια ενθαρρυντική κουβέντα ή μια αγκαλιά αν τη χρειαζόμουν. Η δική μου μητέρα θα την αγαπούσε.

Φιληθήκαμε μια φορά σε κάθε μάγουλο, μια συνήθεια που στην αρχή μου φάνηκε άβολη, αλλά τώρα τη θεωρούσα γλυκιά. Ήταν αδύνατο να διαβάσω τη διάθεσή της- δεν είδα καμία άγρια χαρά, ούτε όμως και σκοτεινή κατάθλιψη. Ήταν ήρεμη και γαλήνια όπως πάντα. Τι συνέβαινε με αυτό;

"Hola, cariño", είπε με ένα μικρό χαμόγελο. "Χαίρομαι πολύ που είσαι εδώ. Πήρα την ευκαιρία".

"Τι ωραία έκπληξη! Χαίρομαι που το έκανες", είπα. Καθίσαμε στις πολυθρόνες μπροστά από το γραφείο μου. "Λοιπόν, κανένα νέο;"

Το μέτωπό της σμίλεψε και η καρδιά μου έπαψε να χτυπάει δυνατά. Έβγαλε ένα σφραγισμένο γράμμα από την υπερμεγέθη τσάντα της.

"Σκέφτηκα να μάθουμε μαζί για τον μπαμπά σου".

Έπιασα τα μπράτσα της καρέκλας μου όπως έκανα όταν ο οδοντίατρος μου τρυπούσε τα δόντια. Πετάχτηκα και πήγα στο παράθυρο όπου κοίταξα έξω, αλλά τίποτα δεν καταγράφηκε. Υπήρχε τόση νευρική ενέργεια που διαπερνούσε το σώμα μου που σύντομα θα πετούσαν σπίθες από το δέρμα μου.

Χωρίς να γυρίσω, είπα: "Πρέπει να το ανοίξεις, Άννα Μαρία".

"Δεν θέλεις να το κάνεις, Τζέιμι;"

"Δεν μπορώ", είπα με τη φωνή μου να τρέμει.

Την άκουσα να το σκίζει και μετά μόνο σιωπή. Φοβήθηκα να την κοιτάξω, αλλά τα δάκρυα είχαν ήδη αρχίσει να τρέχουν στο πρόσωπό μου. Ήξερα τι έλεγε.

Αργά, γύρισα προς την Άνα Μαρία.

Εκείνη σήκωσε το βλέμμα της από το γράμμα. "Η αίτησή μας απορρίφθηκε, αγάπη μου".

ΚΕΦΑΛΑΙΟ 22

Γιατί δεν έκλαιγε η Άννα Μαρία; Πρέπει να είδε τη σύγχυση στο δακρυσμένο μου πρόσωπο.

"Τζέιμι", είπε απαλά, "ο πατέρας σου κι εγώ το περιμέναμε αυτό, γι' αυτό κάναμε ένα σχέδιο".

"Τι είδους σχέδιο θα μπορούσε να το διορθώσει αυτό...;" Ήμουν έτοιμη να πω "συντριπτική απογοήτευση", αλλά σταμάτησα τον εαυτό μου.

Η Άννα Μαρία πήγε στο παράθυρο και με αγκάλιασε, ενώ εγώ έκλαιγα στον ώμο της για αρκετά λεπτά. Τότε η εσωτερική μου φωνή είπε: "Τζέιμι, είναι καιρός να συνέλθεις. Και το έκανα.

"Συγγνώμη που σαλιάρισα τα ρούχα της δουλειάς σου", είπα αθυρόστομα, σκουπίζοντας τα μάτια μου με το πίσω μέρος του χεριού μου.

Η Άννα Μαρία μου χάρισε ένα μισό χαμόγελο καθώς μου χάιδευε τα μαλλιά. "Όλα θα πάνε καλά, hija, θα δεις".

"Ποιο είναι το σχέδιό σου, λοιπόν;" Ρώτησα, προσπαθώντας να ακουστώ πιο θετική απ' ό,τι ένιωθα.

"Θα μετακομίσω στη Νικαράγουα".

"Τι; Μα δεν μπορεί να μιλάς σοβαρά..." Έκανα πίσω για να μελετήσω το πρόσωπό της. Το εννοούσε.

"Όχι για πάντα. Μόνο όσο χρειαστεί για να αποδείξουμε ότι έχουμε έναν αληθινό γάμο. Μετά μπορώ να ξανακάνω αίτηση για βίζα για τον Γκιγιέρμο".

Αισθανόμουν λίγο τρεκλίζοντας, γι' αυτό κάθισα ξανά. Μια ομίχλη κυλούσε στο μυαλό μου και δεν μπορούσα να σκεφτώ καθαρά.

"Πώς ξέρεις ότι γι' αυτό απορρίφθηκε; Κι αν ήταν για πολιτικούς λόγους; Τότε το σχέδιό σου δεν θα πετύχει όσο καιρό κι αν μείνεις στη Νικαράγουα".

Η Άνα Μαρία κάθισε δίπλα μου και πήρε το χέρι μου στο δικό της. Τα μάτια της μου είπαν τα πάντα. Κατάλαβα τότε ότι δεν είχε άλλη επιλογή, ήταν ο άντρας της και ήθελε να είναι μαζί του -ακόμα κι αν έπρεπε να ζήσει στη Νικαράγουα.

"Πότε φεύγεις;" Ρώτησα, σπάζοντας τη σιωπή ανάμεσά μας.

"Σε έξι μήνες. Θέλω να βοηθήσω το καταφύγιο να βρει νέο διευθυντή και έχω πολλά να κάνω: να πουλήσω το σπίτι μου, τα έπιπλά μου..." Η φωνή της έσπασε και τα μάτια της έγιναν θολά.

"Θα βοηθήσω με όποιον τρόπο μπορώ", είπα. "Και θα έρθω μαζί σου στη Μανάγκουα για να εγκατασταθείς. Πρέπει να δω τον γέρο, έτσι κι αλλιώς". Είπα με ένα μικρό χαμόγελο. Ήταν το μόνο που μπόρεσα να συγκεντρώσω.

Το πρόσωπό της φωτίστηκε από ευχαρίστηση. "Σ' ευχαριστώ, Τζέιμι! Και μη χάνεις την πίστη σου- ξέρω ότι μια μέρα θα είμαστε όλοι μαζί. Το νιώθω μέσα στην καρδιά μου".

Δεν το ένιωθα κι εγώ, αλλά δεν ήμουν επίσης έτοιμη να τα παρατήσω. Είχα έξι μήνες για να δουλέψω πάνω σε αυτό το πρόβλημα - πιθανότατα λιγότερους αν ήθελα να αποτρέψω την Άννα Μαρία από το να παραιτηθεί από τη δουλειά της και να πουλήσει το σπίτι της. Ξαφνικά, δεν μπορούσα να περιμένω να φύγει η Άννα Μαρία. Έπρεπε να τηλεφωνήσω στην Γκρέις και να αρχίσω τον καταιγισμό ιδεών.

ΚΕΦΑΛΑΙΟ 23

Μακάρι να μπορούσα να πω στην Γκρέις τι συνέβαινε με τον I-C-U, τον τρελό γελωτοποιό και τον φτωχό, νεκρό Μάλκολμ, αλλά είχα υποσχεθεί στον Κιπ ότι δεν θα συζητούσα την κατάσταση με κανέναν άλλον εκτός από τον Δούκα. Μιλώντας για τον Δούκα, θα ήθελα πολύ να πω στην Γκρέις για την επιστροφή της μοναδικής Κάντι Μπρουσάρντ, αυτής της διάσημης διαφημιστικής πινακίδας, αλλά ούτε αυτό μπορούσα να κάνω. Μετά την εκπληκτική αποκάλυψη της Κάντι στην τουαλέτα, ένιωθα ήδη αρκετά κακοπροαίρετη.

Τέλος πάντων, τίποτα από αυτά δεν είχε σημασία αυτή τη στιγμή, γιατί έπρεπε να επικεντρωθώ στο πρόβλημα του πατέρα μου. Όλα τα υπόλοιπα ήταν απλώς ένας αντιπερισπασμός.

Έστειλα μήνυμα στην Γκρέις: S.O.S. Re: INS! Μπορούμε να μιλήσουμε;

Μετά από πέντε λεπτά χωρίς απάντηση, άφησα το τηλέφωνό μου κάτω. Μόλις το έκανα, χτύπησε. Η Γκρέις στη διάσωση!

"Ακούγονται άσχημα νέα", είπε όταν το σήκωσα.

"Τα χειρότερα, Γκρέισι."

"Αυτό το καταραμένο Αλλοδαπών! Τι έχουν εναντίον των ευτυχισμένων οικογενειών;"

Την ενημέρωσα για το σχέδιο της Άννα Μαρία να εκπατριστεί. Αφού συλλυπήθηκε, ρώτησε: "Έδωσαν κάποιο λόγο;"

"Όχι, δεν μου έδωσαν."

"Λοιπόν, αυτό είναι το πρώτο σας πρόβλημα", είπε η Γκρέις.

"Πες μου γι' αυτό. Πώς μπορούμε να μάθουμε γιατί το αρνήθηκαν;" Ρώτησα.

"Μπορώ να τηλεφωνήσω στον φίλο μου τον Γκρεγκ στην Ουάσινγκτον. έχει διασυνδέσεις στο Στέιτ Ντιπάρτμεντ. Είναι αυτός που μας βοήθησε να εντοπίσουμε τον πατέρα σου εξ αρχής".

"Γι' αυτό σε αγαπώ", είπα,

"Επειδή έχω φίλους σε υψηλές θέσεις;" Γέλασε.

Ένιωσα σαν να ήμασταν πάλι στη Νομική, να δουλεύουμε μαζί σε ένα έργο. Μπορούσα να ακούσω τα πλήκτρα του υπολογιστή να κροταλίζουν στην άκρη του τηλεφώνου της και τα δικά μου κροταλίζονταν επίσης. Το καλύτερο πράγμα με τη νομική έρευνα ήταν ότι τώρα ήταν στο διαδίκτυο, όλα. Την επόμενη φορά που θα μπείτε στο γραφείο ενός δικηγόρου και θα δείτε έναν τοίχο γεμάτο βιβλία, να ξέρετε ότι είναι απλώς για επίδειξη- δεν θα μπορούσατε να τα χαρίσετε αυτά τα βιβλία. Στην πραγματικότητα, πριν από δέκα χρόνια, η κομητεία Broward County έχτισε μια μεγάλη, όμορφη βιβλιοθήκη στο κεντρικό δικαστήριο και την εφοδίασε με κάθε νομικό περιοδικό, πραγματεία και σειρά ρεπορτάζ υποθέσεων που μπορεί να φανταστεί κανείς - ακριβώς πριν όλα γίνουν ψηφιακά. Μακάρι να είχα τα λεφτά που ξόδεψαν για αυτή την ανοησία.

"Προσπαθώ να μην φρικάρω", είπα, "αλλά αν η αίτηση απορρίφθηκε για πολιτικούς λόγους, τότε δεν υπάρχει ελπίδα, σωστά;". Μόλις είχα κάνει κλικ στον ιστότοπο του INS και προσπαθούσα να προσανατολιστώ σε αυτόν.

"Δεν θα έλεγα ότι δεν υπάρχει ελπίδα..." είπε η Γκρέις.

"Δεν θέλω να το σκέφτομαι αυτό", είπα βιαστικά. "Ας υποθέσουμε ότι ήταν το θέμα του γάμου. Απ' ό,τι βλέπω στην ιστοσελίδα, υπάρχει μια διαδικασία έφεσης για την περίπτωση που μια αίτηση απορρίπτεται. Μπορείς επίσης να ζητήσεις επανεξέταση".

"Δεν ακούγεται και ο καλύτερος τρόπος να το κάνεις". είπε η Γκρέις. "Ο τρόπος της Άνα Μαρία είναι πιθανώς πιο γρήγορος από αυτόν. Περίμενε!" Ακουγόταν ενθουσιασμένη. "Νομίζω ότι βρήκα κάτι."

"Τι είναι;" Ένιωσα την παραμικρή αναλαμπή ελπίδας.

"Διαβάζω... εντάξει, φαίνεται ότι ίσως θα μπορούσες να κάνεις αίτηση για τον μπαμπά σου. Περίμενε, υπάρχουν τρεις κατηγορίες: νόμιμα παιδιά, νόμιμα παιδιά και νόθα παιδιά.

Ξέχνα την πρώτη, αλλά ίσως εσύ θα μπορούσες να είσαι "νομιμοποιημένη"".

"Εννοείς ότι ο μπαμπάς μου θα μπορούσε να με αναγνωρίσει; Ή εννοείς ότι θα μπορούσα να του κάνω μήνυση για πατρότητα;" Εγώ χαμογέλασα μ' αυτό. Ποιος θα ήταν καλύτερος από έναν δικηγόρο οικογενειακού δικαίου για να καταθέσει αγωγή πατρότητας; Αποδείχτηκε ότι είχα την ιδανική εκπαίδευση για να μηνύσω τον ίδιο μου τον πατέρα.

"Ω, αυτό είναι απογοητευτικό", είπε η Γκρέις. "Έπρεπε να νομιμοποιηθείς πριν από τα δέκατα όγδοα γενέθλιά σου".

"Λοιπόν", είπα, "δεν είμαι νόμιμος και δεν είμαι νομιμοποιημένος, άρα μένει ο νόθος, σωστά; Μου ακούγεται σαν εμένα".

"Τζέιμι, ούτε αυτό θα πετύχει", είπε απαλά η Γκρέις. "Ο πατέρας σου θα πρέπει να αναγράφεται στο πιστοποιητικό γέννησής σου".

"Υποθέτω ότι είναι πιθανό", είπα, "δεν θυμάμαι να έχω δει ποτέ το πιστοποιητικό γέννησής μου".

"Αυτό δεν αρκεί. Πρέπει να υπάρχουν αποδείξεις ότι υπήρχε συναισθηματικός ή οικονομικός δεσμός ανάμεσα σε σένα και τον πατέρα σου πριν φτάσεις στην ηλικία των είκοσι ενός ετών".

"Να το ημερολόγιό μου", είπα. "Όταν ήμουν παιδί, συνήθιζα να γράφω γράμματα στον πατέρα μου και να του λέω για τη μέρα μου και τι σκεφτόμουν. Αλλά δεν υπάρχει τίποτα από εκείνον προς εμένα, ούτε οικονομική βοήθεια.

Δεν μπορώ να του το προσάψω- δεν ήξερε ότι υπήρχα".

Η Γκρέις αναστέναξε. Μπορούσα σχεδόν να τη φανταστώ στο γραφείο της, να πετάει τα σκούρα μαλλιά της από τους ώμους της και να ανεβάζει τα γυαλιά της όταν τελείωνε το διάβασμα.

"Αν οι γονείς σου δεν ήταν παντρεμένοι, νομίζω ότι είσαι άτυχος, φίλε μου".

"Δεν θα αποκαλέσω ποτέ ξανά κανέναν μπάσταρδο", είπα με συναίσθημα.

"Δεν μπορώ να υποσχεθώ το ίδιο", είπε η Γκρέις γελώντας. "Αλλά θα φωνάξω τον φίλο μου τον Γκρεγκ για σένα".

ΚΕΦΑΛΑΙΟ 24

Αν η γνώση είναι δύναμη, τότε το να ξέρω γιατί απορρίφθηκε η αίτηση του πατέρα μου θα με έκανε να νιώθω πιο δυνατός ή τουλάχιστον όχι τόσο ανίσχυρος. Αν μη τι άλλο, ήταν ένα βήμα προς τη σωστή κατεύθυνση. Απλά έπρεπε να κάνω υπομονή, κάτι που σαφώς δεν ήταν το φόρτε μου.

Αφού τελείωσα την κουβέντα με την Γκρέις, έγραψα μερικά γράμματα και μετά αποφάσισα να σταματήσω για σήμερα. Ήλπιζα ότι ένα τζόκινγκ στο πάρκο Τ.Υ. θα καθάριζε το βουητό μου. Το μυαλό μου έμοιαζε με σχολικό λεωφορείο γεμάτο φασαριόζικα παιδιά, που σπρώχνονταν, τσακώνονταν, έκλεβαν ο ένας το κολατσιό του άλλου - δεν ξέρω τι στο διάολο έκαναν εκεί μέσα, αλλά ήθελα να το βουλώσουν και να μου δώσουν λίγη ηρεμία. Μάλλον γι' αυτό δεν οδηγώ σχολικό λεωφορείο.

Έχω διαπιστώσει ότι η σωματική εξάντληση καταπνίγει το άγχος. Το να είσαι αγχωμένος απαιτεί υψηλό επίπεδο ενέργειας, ενέργεια που δεν είναι πλέον διαθέσιμη σε σένα μετά από μια βαριά προπόνηση. Απλά ρωτήστε την καρδιά σας που χτυπάει δυνατά και τους πνεύμονες που καίνε, θα σας τα πουν όλα.

Μετά το τρέξιμό μου, οδήγησα τα λίγα τετράγωνα μέχρι το σπίτι, έκανα ένα ντους και έριξα ένα κατεψυγμένο δείπνο στο φούρνο μικροκυμάτων. Τάισα τον επίμονο κύριο Πατούσα με τη μυρωδάτη γατοτροφή του, ενώ κρατούσα τη μύτη μου. Όλα ήταν ήσυχα - δεν είχα νέα από τον I-C-U, πράγμα που με βόλευε, αλλά ούτε και από τον Κιπ, πράγμα που ήταν λιγότερο καλό. Ήξερα ότι είχε μια συνάντηση με το αφεντικό του σχετικά με την τρέλα του Ren-Fest και ανυπομονούσα να μάθω πώς πήγε. Κάλεσα στο κινητό του, αλλά βγήκε κατευθείαν ο τηλεφωνητής. Πού ήταν;

Κάθισα στον καναπέ για να παρακολουθήσω το Jeopardy, ακολουθούμενη από μια επανάληψη του Monk, και μετά έκλεισα την τηλεόραση. Υπήρχαν τρία πράγματα που έπρεπε ακόμα να κάνω: να παραγγείλω το πιστοποιητικό γέννησής μου από το τμήμα στατιστικών στοιχείων, να εκτυπώσω μια αίτηση για διαβατήριο και να τηλεφωνήσω στον πατέρα μου μέσω Skype. Ήταν αργά, αλλά η Μανάγκουα είχε δύο ώρες καθυστέρηση. Προς ανακούφισή μου, ο μπαμπάς μου είχε ήδη μιλήσει με την Άννα Μαρία, οπότε μιλήσαμε για τα διαδικαστικά της μετακόμισής της και την επικείμενη επίσκεψή μου. Μπορούσα να καταλάβω ότι έδινε μια καλή παράσταση για χάρη μου και προσπάθησα να κάνω το ίδιο γι' αυτόν, αλλά δεν μπορούσα και, για δεύτερη φορά εκείνη την ημέρα, διαλύθηκα σε μια λακκούβα από δάκρυα. Μετά από αυτό, κάναμε ό,τι μπορούσαμε για να παρηγορήσουμε ο ένας τον άλλον και στη συνέχεια είπαμε καληνύχτα. Ετοιμαζόμουν για ύπνο όταν ο Κιπ μου έστειλε μήνυμα.

Είναι πολύ αργά για να έρθεις; Με ρώτησε.

Δεν πειράζει, απάντησα. Είμαι ακόμα ξύπνιος.

Ωραία, γιατί είμαι στη βεράντα σου.

Άνοιξα την πόρτα και ήταν εκεί. Η έκφρασή του τα έλεγε όλα.

"Χωρίς παρεξήγηση, αλλά φαίνεσαι χάλια", παρατήρησα. "Έλα μέσα, επιτέλους."

"Χωρίς παρεξήγηση", είπε, "αλλά ούτε εσύ φαίνεσαι και τόσο καλά".

Μπήκε μέσα και με αγκάλιασε στα γρήγορα και μετά με κοίταξε πιο προσεκτικά.

"Γεια σου μωρό μου - έκλαιγες;"

"Ναι, μόλις σήμερα έμαθα ότι η βίζα του μπαμπά μου απορρίφθηκε".

"Ω, ρε φίλε! Αυτό είναι τρομερό". Με τράβηξε κοντά του και αγκαλιάστηκα στο στήθος του, ένα από τα πλεονεκτήματα του να έχεις έναν ψηλό φίλο.

"Θέλεις να το συζητήσουμε;" Με ρώτησε, ανήσυχος.

"Όχι, Κιπ, πραγματικά δεν θέλω", είπα. "Έχω μιλήσει για όλα".

Μια έκφραση ανακούφισης πέρασε από το πρόσωπό του- μπορούσα να δω ότι είχε ήδη αρκετά στο μυαλό του. Πήρα το χέρι του και κάθισα στον καναπέ, τραβώντας τον μαζί μου.

"Γιατί δεν μου λες για τη μέρα σου, αντ' αυτού;" πρότεινα. "Να σου φέρω κάτι να φας;"

"Δεν θα έλεγα όχι σε ένα ποτό". Βυθίστηκε στα μαξιλάρια του καναπέ και στήριξε τα πόδια του στο τραπεζάκι του καφέ.

"Λεμονάδα ή κάτι πιο δυνατό;" Φώναξα από την κουζίνα.

"Η λεμονάδα είναι υπέροχη, αλλά αν γλιστρούσε το χέρι σου και έριχνε λίγη βότκα μέσα, δεν θα το έστελνα πίσω".

Έβαλα το ποτό του Κιπ πάνω σε ένα σουβέρ, έβαλα δίπλα του ένα μπολ με κουλούρια και μετά κάθισα δίπλα του.

"Είμαι έτοιμος", είπα. "Πες μου τα πάντα. Πώς ήταν η συνάντησή σου;"

Πήρε μια μεγάλη γουλιά από το ποτό του. "Αυτό είναι πραγματικά πολύ νόστιμο, ευχαριστώ για το ποτό".

"Σταμάτα να χρονοτριβείς, ξέρω όλα τα κόλπα σου".

"Εντάξει, ξεκινάμε. Υποτίθεται ότι θα είχα μια συνάντηση με το αφεντικό μου για το Ren-Fest, αλλά δεν έγινε ποτέ".

"Καμία συνάντηση;"

"Ω ναι, έγινε μια συνάντηση εντάξει, αλλά όχι αυτή που νόμιζα ότι θα κάναμε. Αυτό έμοιαζε περισσότερο με ενέδρα. Δεν φαντάζεσαι πόση πίεση δέχομαι, Τζέιμι. Δεν ξέρω τι να κάνω". Ο Κιπ φαινόταν εξαντλημένος.

Μακάρι να ήξερα πώς να τον βοηθήσω. Τότε συνειδητοποίησα τι πραγματικά συνέβαινε. Ο I-C-U βρισκόταν πίσω από αυτό και δεν έπαιζε σκάκι.

Όχι, έκανε τις μαριονέτες του να χορεύουν.

ΚΕΦΆΛΑΙΟ 25

Δεν είμαι ένας τρελός θεωρητικός συνωμοσίας, το ορκίζομαι, αλλά βλέπω ένα μοτίβο να αναδύεται.

"Ξεκινήστε από την αρχή", είπα. "Και θα βρούμε την άκρη μαζί".

"Αφού το λες εσύ", ο Κιπ απλώθηκε στον καναπέ, με τα πόδια του στα γόνατά μου. "Αλλά νομίζω ότι είσαι λίγο αισιόδοξος".

Γέλασα. "Μην βολεύεσαι τόσο πολύ, κύριε. Αν σε πάρει ο ύπνος στη μέση της ιστορίας σου, θα σε ξυπνήσω".

Ο Κιπ προσποιήθηκε ότι αποκοιμήθηκε, οπότε του τσίμπησα τον μηρό μέσα από το τζιν του.

"Ωχ!"

"Βλέπεις; Αυτό συμβαίνει", είπα.

"Εντάξει, κατάλαβα, μείνε ξύπνιος".

Στη συνέχεια, σαν σε έκσταση, συνέχισε να μου διηγείται το πρωινό του, πώς τον κάλεσαν στο γραφείο του αφεντικού του και σύντομα βρέθηκε να δέχεται επίθεση από παντού.

"Αλλά ποιος ήταν εκεί εκτός από το αφεντικό σου;" Ρώτησα.

"Ο επίτροπος Ντίλι Γουίλιαμς, ο Κουίνσι Γκρέιβς, ο Μπέντζαμιν Γουλφ και ο γιος του Ντάνιελ".

"Περίμενε, ο Κουίνσι δεν δουλεύει για σένα; Ποιος τον κάλεσε;"

Ο Κιπ ξιφούλκησε. "Ο Κουίνσι συμπεριφέρεται σαν να δουλεύω γι' αυτόν. Ήταν βοηθός διευθυντή για δέκα χρόνια πριν φτάσω εκεί, οπότε όταν ο διευθυντής συνταξιοδοτήθηκε, υπέθεσε ότι θα έπαιρνε τη θέση. Αλλά μετά προσέλαβαν εμένα, και από τότε μου κάνει τη ζωή δύσκολη".

"Δεν μπορείτε να τον απολύσετε;"

"Όχι τόσο εύκολα". Ο Κιπ αναστέναξε. "Προφανώς δεν έχεις δουλέψει ποτέ για την κυβέρνηση. Ο Κουίνσι κάνει αυτή τη στιγμή μήνυση στην κομητεία επειδή δεν του έδωσε τη θέση του διευθυντή".

Έμεινα άναυδος. "Δουλεύει εκεί και ταυτόχρονα τους κάνει μήνυση;"

"Ναι."

"Ποια είναι η βάση της αγωγής του;" Δεν μπορούσα να φανταστώ τι ισχυριζόταν. Σίγουρα δεν ήταν μειονότητα με αυτό το παχουλό λευκό δέρμα.

"Διάκριση λόγω ηλικίας", απάντησε ο Κιπ, κουνώντας το κεφάλι του σαν να μην μπορούσε να πιστέψει ούτε αυτός αυτά που έλεγε.

"Ουάου! Δουλεύεις στη χώρα των παράξενων, πρέπει να φύγεις από εκεί!"

"Χωρίς πλάκα", είπε ο Κιπ.

"Λοιπόν, τι τρέχει με το αφεντικό σου; Με ποιανού το μέρος είναι;"

"Ρόναλντ Λανγκ; Βασικά καλός τύπος, αλλά πρόκειται να συνταξιοδοτηθεί και δεν θέλει φασαρίες. Έχει ξεπεράσει να νοιάζεται για την πολιτική, τους υπαλλήλους, για οτιδήποτε από αυτά. Θέλει απλώς να έχει το κεφάλι του ήσυχο και να μετράει τις μέρες μέχρι να φύγει από εκεί".

"Λοιπόν, ποιος συγκάλεσε τη συνάντηση, αν δεν ήταν το αφεντικό σου;" Ρώτησα.

"Ο άνθρωπος που είναι το αφεντικό όλων - ο επίτροπος. Υπηρετούμε κατά την ευχαρίστηση των εννέα επιτρόπων, θυμάσαι;"

"Α, ναι."

Είχα μόνο μια αμυδρή ιδέα για το πώς λειτουργούσε η τοπική μας κυβέρνηση. Ντροπιαστικό, αλλά αληθινό.

"Και ποιανού την ευχαρίστηση εξυπηρετούσε η παρουσία του Μπέντζαμιν Γουλφ εκεί;" Ρώτησα με ένα μειδίαμα.

Ο Κιπ σηκώθηκε ξαφνικά, με μια έκφραση αηδίας στο όμορφο πρόσωπό του. Ήταν σαν ένα σκοτεινό σύννεφο σε μια ηλιόλουστη μέρα.

"Αηδία, Τζέιμι! Δεν θα το έλεγες αυτό αν τον ήξερες. Ο άνθρωπος είναι τόσο αντιπαθητικός που είναι δύσκολο να βρίσκεσαι ακόμα και στο ίδιο δωμάτιο. Τον έφερε ο επίτροπος -αλλά ούτε αυτός έδειχνε χαρούμενος γι' αυτό".

Ξαναγέμισα τα ποτά μας, χωρίς τη βότκα αυτή τη φορά, και κάθισα στη δερμάτινη πολυθρόνα απέναντι από τον Κιπ.

"Και τώρα η ερώτηση του ενός

εκατομμυρίου δολαρίων", είπα, "για ποιο λόγο έγινε η συνάντηση;".

"Σίγουρα όχι για το Ren-Fest..." έμεινε μετέωρος, κοιτάζοντας στο κενό. Η σιωπή μεγάλωσε. Ο κύριος Πατούσες φωλιάστηκε δίπλα στα πόδια του Κιπ και αποκοιμήθηκε.

"Δεν φαίνεται να νιώθεις άνετα να μιλάς γι' αυτό", είπα.

"Δεν αισθάνομαι".

"Εντάξει τότε", σηκώθηκα και χασμουρήθηκα. "Πάω για ύπνο".

"Τι;" Ο Κιπ τραύλισε.

"Θα μου πεις όταν είσαι έτοιμος. Είχα μια δύσκολη μέρα και πάω για ύπνο. Θα έρθεις;"

"Περίμενε, μην φύγεις ακόμα. Πρέπει να το βγάλω αυτό από μέσα μου".

Μου έριξε ένα βλέμμα που έλεγε "σε παρακαλώ" και έτσι κάθισα ξανά, με την πολυθρόνα να είναι ακόμα ζεστή από την τελευταία μου επίσκεψη.

"Οι επίτροποι συνεδριάζουν την επόμενη Παρασκευή", ξεκίνησε ο Κιπ, "για να ψηφίσουν για το σχέδιο Sapphire Sky. Τέσσερις από αυτούς σκοπεύουν να ψηφίσουν ναι και τέσσερις από αυτούς σκοπεύουν να ψηφίσουν όχι".

"Αυτό σημαίνει ότι είναι μόνο οκτώ".

"Σωστά. Ο ένατος είναι διστακτικός. Η επίτροπος Μίλισεντ Σεντ Τζόζεφ είπε ότι θα βασίσει την απόφασή της στη δική μου σύσταση".

"Εσείς θα αποφασίσετε αν θα χτιστεί ένας ουρανοξύστης; Πώς γίνεται αυτό;"

Ο Κιπ έδειχνε πονεμένος. "Είμαι η

διευθύντρια των πάρκων. Αναφέρω πώς θα επηρεαστούν οι υγροβιότοποι από το έργο και μετά κάνω μια σύσταση".

"Αυτό δεν είναι κάτι που δεν χρειάζεται να σκεφτείς;" Ρώτησα. "Οι υγρότοποι κερδίζουν". Τότε κάτι έκανε κλικ στο μυαλό μου. "Δεν συγκάλεσαν συνάντηση για να μάθουν τι θα πεις εσύ. Θέλουν να αλλάξεις γνώμη".

Ο Κιπ έγνεψε άναρθρα.

"Σε απείλησαν;" Τώρα ήμουν τσαντισμένος.

"Όχι αμέσως", είπε. "Πρώτα μου είπαν πόσα έσοδα θα απέφερε το έργο στην κομητεία. Στη συνέχεια, ο Γουλφ υποσχέθηκε να αγοράσει και άλλα ακίνητα υγροτόπων για να τα δωρίσει στην κομητεία, αν συνεργαζόμουν. Όταν αυτό δεν λειτούργησε, άρχισε να φωνάζει ότι θα κάνει μήνυση για παραβίαση της σύμβασης, ενώ η Ντίλι γκρίνιαζε για το πόσο θα κόστιζε μια μήνυση και πώς αυτά τα χρήματα θα μπορούσαν να χρησιμοποιηθούν για θέσεις εργασίας και σχολεία και για την προστασία των μικρών παιδιών. Τελικά, ο Ντίλι είπε ότι θα ήταν καλύτερα να το κάνω αν εκτιμούσα τη δουλειά μου. Ο Κουίνσι σχεδόν έγλειφε τα χείλη του σε αυτό το σημείο".

"Λοιπόν, το θέλεις;" ρώτησα.

"Τι;"

"Εκτιμάς τη δουλειά σου", απάντησα.

"Όχι πια", είπε κουνώντας το κεφάλι του με λύπη.

"Τότε το θέμα έχει διευθετηθεί. Θα σώσεις τους υδροβιότοπους και μετά θα ψάξεις για καινούργια δουλειά".

"Εννοείς μια νέα καριέρα, έτσι δεν είναι;"

"Α, βλέπω το πρόβλημα..." Μετατοπίστηκα στον καναπέ και ακούμπησα το κεφάλι μου στον ώμο του Κιπ. "Λοιπόν, τι θα κάνεις;"

"'Τους είπα ότι θα το σκεφτώ", είπε. "Μου έδωσαν διορία μέχρι την Τετάρτη".

"Ποτέ δεν είχα συνειδητοποιήσει πόσες αποφάσεις λαμβάνονται πίσω από κλειστές πόρτες", παρατήρησα, "και πόσο η ψηφοφορία είναι απλώς για το θεαθήναι".

"Η δημοκρατία σας σε λειτουργία", είπε ο Κιπ, με περισσότερο από λίγο σαρκασμό.

"Είναι και δική σου δημοκρατία, μωρό μου". Τον φίλησα στο μάγουλο. "Γιατί δεν πάμε για ύπνο; Όπως συνήθιζε να λέει η μαμά μου, όλα φαίνονται καλύτερα το πρωί. Και αν θέλεις, μπορώ να σου δείξω τι άλλο συμβαίνει πίσω από τις κλειστές πόρτες".

Ο Κιπ μου χάρισε ένα κουρασμένο χαμόγελο και πήραμε τη νύχτα.

ΚΕΦΑΛΑΙΟ 26

Μόλις το επόμενο πρωί, καθώς κατεβάζαμε τους διπλούς εσπρέσο μας, μου ήρθε στο μυαλό.

"Έι Κιπ, είπες ότι ο γιος του Μπέντζαμιν Γουλφ ήταν στη συνάντηση, τι έκανε όλη αυτή την ώρα;"

"Α, ναι, ο Ντάνιελ, παραλίγο να ξεχάσω ότι ήταν εκεί. Είναι τόσο απροσδιόριστος, που κατά κάποιο τρόπο χάνεται στο προσκήνιο. Μοιάζει με λογιστή με τα γυαλιά με τους συρμάτινους σκελετούς, αλλά είναι ένας περίεργος τύπος. Ήταν σχεδόν σαν να μας μελετούσε - σαν να ήταν ο επιστήμονας και εμείς τα ζωύφια. Ακόμα και όταν ο πατέρας του φώναζε και έβριζε, εκείνος δεν έδειχνε καμία αντίδραση, απλά καθόταν εκεί και κρατούσε σημειώσεις".

"Μπορείς να τον κατηγορήσεις;" Ρώτησα καθώς ξεφλούδιζα μια μπανάνα και την έκοβα σε φέτες σε ένα μπολ. "Με πατέρα τον Μπέντζαμιν Γουλφ, πρέπει να ακούει ουρλιαχτά κάθε μέρα. Ή ίσως ο Ντάνιελ δεν ακούει τίποτα από αυτά, ίσως είναι κουφός! Αυτό δεν θα ήταν μεγάλη τύχη;"

"Πάντα καταφέρνεις να βλέπεις τη θετική πλευρά, έτσι δεν είναι;" Ο Κιπ γέλασε.

"Γελάς μαζί μου ή μαζί μου;" Ρώτησα, κρατώντας ένα κομμάτι βουτυρωμένο τοστ ακριβώς πάνω από το κεφάλι του.

"Σίγουρα μαζί σου", είπε, σκύβοντας έξω από το χέρι του. "Είπα μαζί; Εννοούσα να πω με."

Γέλασα. "Χαίρομαι που έχεις καλή διάθεση, μεγάλη βελτίωση σε σχέση με χθες το βράδυ".

"Λοιπόν, γιατί όχι;" Είπε ο Κιπ. "Αποφάσισα να πάρω ρεπό σήμερα και αν δεν τους αρέσει, ας με απολύσουν. Δεν με νοιάζει πια".

"Αυτό είναι το πνεύμα!" Είπα. "Να δηλώνεις άρρωστος, σαν πραγματικός δημόσιος υπάλληλος. Τι θα κάνεις, κάτι διασκεδαστικό;"

"Ναι. Θα πάω στο..." Ο Κιπ διακόπηκε από ένα μήνυμα που ήρθε και σταμάτησε να το διαβάσει. Φαινόταν αναστατωμένος.

"Τόσα πολλά γι' αυτό, πρέπει να πάω μέσα. Επείγον περιστατικό στη δουλειά". Τελείωσε γρήγορα το πρωινό του και σηκώθηκε για να φύγει.

"Αλλά περίμενε!" Είπα αμήχανα. "Τι συμβαίνει;"

"Συγγνώμη, δεν μπορώ να μιλήσω γι' αυτό", μου έδωσε ένα γρήγορο φιλί και κατευθύνθηκε προς την πόρτα

"Ποιος έστειλε το μήνυμα; Πες μου τουλάχιστον αυτό".

Γύρισε. "Ήταν η Τζαγιασχρέ."

"Είσαι σίγουρη ότι δεν συμβαίνει κάτι

μεταξύ σας;" Ξέσπασα, αστειευόμενος μόνο κατά το ήμισυ.

Ο Κιπ γύρισε και με τράβηξε στην αγκαλιά του. Μετά με φίλησε, με φίλησε σοβαρά, όπως κάνουν οι άνθρωποι στο αεροδρόμιο όταν δεν θέλουν να αφήσουν ο ένας τον άλλον να φύγει.

"Τζέιμι", είπε πριν βγει από την πόρτα. "Ποτέ στη ζωή σου δεν έκανες μεγαλύτερο λάθος για τίποτα".

Και μετά έφυγε.

ΚΕΦΆΛΑΙΟ 27

Ανακουφίστηκα, προβληματίστηκα και ανησύχησα. Δεν πίστευα πραγματικά ότι η Τζαγιασχρέ Πατέλ ήταν αντίπαλος, αλλά με έκανε να νιώθω ανασφάλεια. Ίσως να προερχόταν από τον φόβο μου για εγκατάλειψη, επειδή πίστευα τόσο καιρό ότι ο πατέρας μου με είχε παρατήσει. Όχι, απλά δεν μου άρεσε να τριγυρνούν όμορφα κορίτσια γύρω από το αγόρι μου. Τέλος της ιστορίας.

Μακάρι να ήξερα τι συνέβαινε με τον Κιπ. Τη μια στιγμή αρνιόταν να πάει στη δουλειά και την άλλη έτρεχε να φτάσει εκεί. Αν επρόκειτο για την επικείμενη ψηφοφορία (κάτι που ήταν λογικό, αφού η Τζαγιασχρέ ήταν σύνδεσμος με τους επιτρόπους), τότε γιατί όλη αυτή η μυστικότητα; Και ποιος ήταν ο I-C-U; Ήταν ο Μπέντζαμιν Γουλφ; Ο Επίτροπος Γουίλιαμς; Κάποιος άλλος; Ο Κιπ είπε ότι δεν πίστευε ότι ήταν ο Γουλφ και εγώ δεν πίστευα ότι ήταν ο Επίτροπος Γουίλιαμς (μου φάνηκε περισσότερο σαν κολαούζος παρά σαν εκβιαστής). Δεν θα μπορούσε να είναι το αφεντικό του Κιπ γιατί δεν έδινε δεκάρα για τίποτα. Όποιος κι αν ήταν, ο I-C-U έπρεπε να είναι έξαλλος με τον Κιπ που δεν έκανε "πίσω", οπότε γιατί δεν είχαμε νέα του;

Σε άλλα νέα, ο Κιπ μου είχε πει ότι ο βάνδαλος του πάρκου εξακολουθούσε να κάνει φάρσες και να αφήνει κακόβουλα μηνύματα. Ο τύπος μπορεί να ήταν τρελός, αλλά με έκανε να γελάω. Και ενώ εκτιμούσα το χιούμορ του, θαύμαζα επίσης την αίσθηση του σκοπού του. Όπως είπε ο Κιπ, πάντα ήξερες πού βρισκόσουν μαζί του.

Είχα μια ακρόαση στο κεντρικό δικαστήριο εκείνο το πρωί και έπρεπε να φύγω. Δεν ήταν κάτι περίπλοκο και είχα ήδη μελετήσει τον φάκελο, αλλά ήταν μπελάς να πάω εκεί. Τώρα που είχαμε την ηλεκτρονική κατάθεση, ήλπιζα ότι το επόμενο βήμα στην πορεία προς την τεχνολογία θα ήταν η εξάλειψη της φυσικής μας παρουσίας εντελώς. Ήθελα να εμφανίζομαι στο δικαστήριο εικονικά. Σκεφτείτε την επίδραση στην υπερθέρμανση του πλανήτη αν οι δικηγόροι και οι πελάτες σε όλη τη χώρα σταματούσαν να πηγαίνουν κάθε μέρα με το αυτοκίνητο στο δικαστήριο. Σκέφτηκα ότι θα έπρεπε να δουλέψω πάνω σε αυτό, ίσως να ξεκινήσω μια αίτηση ή να σχηματίσω μια επιτροπή...

Βγήκα έξω από την πόρτα όταν τηλεφώνησε ο Ντιούκ. Χάζευα με το τηλέφωνο ενώ προσπαθούσα να κλειδώσω την εξώπορτα και κατέληξα να μου πέσει η τσάντα μου, σκορπίζοντας το περιεχόμενό της παντού. Είπα στον Ντιούκ να περιμένει όσο εγώ μάζευα τα πάντα, καταριόμενη την αδεξιότητά μου. Τελικά, συγκεντρώθηκα και έβαλα μπροστά το αυτοκίνητο.

"Γεια σου, Ντουκ, συγγνώμη γι' αυτό", είπα.

"Φαίνεται ότι έχεις ένα δύσκολο πρωινό, αγάπη μου".

"Δεν ξέρεις ούτε τα μισά", είπα, και στη συνέχεια προχώρησα να του πω για την άρνηση βίζας του πατέρα μου. Μακάρι να μπορούσα να του πω και για όλα τα υπόλοιπα.

"Δύσκολη στιγμή, Τζέιμι, λυπάμαι που το ακούω. Κράτα με ενήμερο, εντάξει;"

"Ευχαριστώ, Δούκα. Τι συμβαίνει με σένα;"

Έμπαινα στον I-95 και έπρεπε να προσέχω. Η πρωινή ώρα αιχμής ήταν η επιβίωση του ισχυρότερου, σαν αγώνας κλουβιού που γινόταν σε ξεχωριστά κλουβιά.

"Έχω πολλά πράγματα να σου πω. Μπορεί να έχω ένα στοιχείο για τον βάνδαλο του πάρκου. Φαίνεται ότι υπάρχει μια ομάδα ανθρώπων που ο Κιπ απέλυσε αμέσως μόλις έγινε διευθυντής. Νομίζω ότι είναι ένας από αυτούς".

"Τέλεια! Πώς τους βρήκες;"

"Μέσω του θαύματος των μέσων κοινωνικής δικτύωσης. Αυτοί οι άνθρωποι ξεκίνησαν μια ομάδα στο Facebook με τίτλο "Μισώ τον Κιπ Σίμονς " όπου μοιράζονται τις ιστορίες του καημού τους".

Γέλασα. "Δεν είναι απίστευτο τι βγάζουν οι άνθρωποι εκεί έξω; Χύνουν τα εσώψυχά τους στον κόσμο και μετά ανησυχούν για το αν η κυβέρνηση τους κατασκοπεύει".

"Θα ήταν καλύτερα να αγοράσουν ένα

ημερολόγιο, αυτό είναι σίγουρο". Ο Ντιούκ γέλασε.

"Πώς θα καταλάβεις ποιος είναι;" ρώτησα.

"Ω, ξέρεις, με λίγη παρακολούθηση, λίγο έλεγχο του GPS στα τηλέφωνά τους..."

"Σταμάτα! Δεν χρειάζεται να ξέρω πώς".

"Εσύ ρώτησες", είπε αθώα ο Ντιούκ.

"Άλλαξα γνώμη. Κανένα άλλο νέο; Τίποτα για τον Μάλκολμ;" Είχα σχεδόν φτάσει στο δικαστήριο.

Η διάθεση του Ντιούκ έγινε από παιχνιδιάρικη σε ζοφερή. "Ναι, είδα την έκθεση του ιατροδικαστή".

"Είδες; Πώς;"

"Ο ιατροδικαστής είναι φίλος μου. Πηγαίνουμε μαζί για ψάρεμα".

"Τι βρήκε;" Ανατρίχιασα στην ανάμνηση της ανακάλυψης του πτώματος του Μάλκολμ.

"Τα αποτελέσματα ήταν ασαφή, πέθανε από καρδιακή ανεπάρκεια. Ούτε πληγές, ούτε δηλητήριο, η καρδιά του απλώς σταμάτησε να λειτουργεί".

"Είχε κάποιο πρόβλημα με την καρδιά του;" Ήμουν έτοιμη να μπω στο δικαστήριο, όπου θα έπρεπε να κλείσω το τηλέφωνό μου.

"Δεν φαίνεται να είχε." Ο Ντουκ απάντησε.

"Εξακολουθώ να πιστεύω ότι δολοφονήθηκε", είπα.

"Έχεις δίκιο", ο Ντουκ ακούστηκε θυμωμένος. "Και θα πιάσω τον μπάσταρδο που το έκανε".

"Το ξέρω ότι θα το κάνεις", είπα.

Αφού αποχαιρετιστήκαμε, σκέφτηκα τον μπάσταρδο που σκότωσε τον Μάλκολμ και *πώς η έννοια του μπάσταρδου είχε γίνει τόσο μπάσταρδη.*

~

Στο δρόμο για το σπίτι, σταμάτησα στο "Mocha Joe's". Ο καλός καφές και η καλή διάθεση ήταν ακριβώς αυτό που χρειαζόμουν. Σταμάτησα στο παράθυρο περιμένοντας να δω το χαμογελαστό πρόσωπο του Joey, αλλά αντ' αυτού μια γυναίκα γύρω στα είκοσι έβγαλε το κεφάλι της έξω.

"Καλημέρα, δεσποινίς, τι μπορώ να σας φέρω;"

"Έναν παγωμένο καφέ, με δύο ζάχαρες και αποβουτυρωμένο γάλα, παρακαλώ".

Αφού μου έφερε τον καφέ μου, ρώτησα: "Πού είναι ο Τζόι σήμερα;".

Η ερώτησή μου προκάλεσε άμεση αντίδραση, καθώς το κάτω χείλος της άρχισε να τρέμει από συγκίνηση.

"Είναι στο νοσοκομείο. Είχε ένα άσχημο ατύχημα χθες".

"Θεέ μου! Τι συνέβη; Αν δεν σας πειράζει που ρωτάω..."

Κοίταξε γύρω της σαν να άκουγε κάποιος, αλλά δεν υπήρχαν αυτοκίνητα πίσω μου- ήμασταν μόνο οι δυο μας.

"Έπαιζε σόφτμπολ στο πάρκο με όλους αυτούς τους καυτούς", είπε χαμηλόφωνα, "και κάποιος του πέταξε μια μπάλα κατευθείαν στο πρόσωπο. Του έσπασε το ζυγωματικό! Χρειάστηκε να χειρουργηθεί και ο γιατρός έβαλε μια μεταλλική πλάκα στο πρόσωπό του. Είναι χάλια!" Άρχισε να κλαίει με λυγμούς.

Καημένε Τζόι! Δεν ήξερα τι να πω. "Λυπάμαι πολύ, είστε η γυναίκα του;"

"Όχι, είμαι η αδελφή του, η Τρίνα".

"Τρίνα, έρχομαι εδώ και χρόνια και νομίζω ότι ο Τζόι είναι ο καλύτερος. Μπορείς σε παρακαλώ να του δώσεις τους χαιρετισμούς μου; Το όνομά μου είναι Τζέιμι".

Τα μάτια της μεγάλωσαν. "Εσύ είσαι η Τζέιμι; Έχω ένα μήνυμα για σένα. Περίμενε εδώ".

Έφυγε από το παράθυρο και επέστρεψε με ένα κομμάτι χαρτί στο χέρι.

"Όταν έβαζαν τον Τζόι στο χειρουργείο, μουρμούριζε συνεχώς κάτι, οπότε το έγραψα. Είπε: "Πες στον Τζέιμι... ποτάμι... χορτάρι... τη βάρκα, είναι η βάρκα!"".

"Τι σημαίνει αυτό;" Ρώτησα. "Είσαι σίγουρος ότι αυτό το μήνυμα είναι για μένα;"

"Δεν ξέρω τίποτα, αλλά σκέφτηκα ότι αφού σε λένε Τζέιμι...". Έφτασε και μου χάιδεψε το χέρι, σαν να ήμουν εγώ αυτός που χρειαζόταν παρηγοριά.

"Θα του δώσω τις καλύτερες ευχές σου", είπε.

"Σε παρακαλώ, κάνε το", σκούπισα ένα δάκρυ από το μάτι μου και έφυγα.

ΚΕΦΆΛΑΙΟ 28

Φοβόμουν ότι έχανα το μυαλό μου. Ήταν δυνατόν ο Μάλκολμ να είχε πεθάνει από φυσικά αίτια, ο Τζόι να ήταν το θύμα ενός τραγικού ατυχήματος και το I-C-U να ήταν αποκύημα της φαντασίας μου; Αν όχι, τότε υπήρχαν σατανικές δυνάμεις που δρούσαν. Πώς είχε μετατραπεί η ζωή μου σε κόμικς της Marvel; Και πότε θα εμφανιζόταν ο υπερήρωας; Τώρα θα ήταν μια καλή στιγμή.

Σκέφτηκα το μήνυμα του Τζόι. Τι σήμαινε; Παραληρούσε; Ήταν ακόμα και για μένα; Δεν μπορούσα να το καταλάβω, οπότε σταμάτησα να προσπαθώ. Ποτέ δεν είχα φανταστεί ότι θα έβρισκα τη δουλειά χαλαρωτική, αλλά το να περνάω το πρωί με τα προβλήματα των άλλων ήταν ακριβώς αυτό που χρειαζόμουν. Στις 11:30, προσπάθησα να επικοινωνήσω με τον Κιπ, αλλά μου απάντησε ο τηλεφωνητής του. Του άφησα ένα μήνυμα λέγοντάς του τι είχα μάθει από τον Ντιούκ και ζητώντας του να μου τηλεφωνήσει. Ανησυχούσα πραγματικά γι' αυτόν. Σε είκοσι τέσσερις ώρες έπρεπε να *πάρει μια απόφαση: να πετάξει την καριέρα του ή να πουληθεί. Ήξερα τι θα διάλεγε και αυτό μου ράγισε την καρδιά.*

Απάντησα στα e-mail μου, συμπεριλαμβανομένου ενός από την Άννα Μαρία σχετικά με την πώληση ενός γκαράζ. Της είπα ότι θα ήμουν εκεί για να βοηθήσω. Δεν ήταν κακό να κάνει ένα παζάρι στο γκαράζ, αρκεί να μην παραιτηθεί από τη δουλειά της σύντομα. Την ώρα που άρχισα να σκέφτομαι ότι χρειαζόμουν ένα διάλειμμα, η Γκρέις τηλεφώνησε για να με προσκαλέσει σε γεύμα. Ορκίζομαι ότι είναι τηλεπαθητική.

Συναντηθήκαμε στο Pho Vi, το νέο βιετναμέζικο εστιατόριο στη λεωφόρο Χόλιγουντ, το οποίο ήταν ένα απλοϊκό μέρος με λιτή διακόσμηση, έξι τραπέζια και έναν πάγκο. Δεν είχε πολλή δουλειά όταν φτάσαμε, οπότε η σερβιτόρα είχε χρόνο να μας αναλύσει το μενού σε μεγάλη έκταση. Η άγνοιά μας για τη βιετναμέζικη κουζίνα δεν την ενόχλησε καθόλου. Τελικά, η Γκρέις παρήγγειλε βερμιτσέλι και εγώ επέλεξα tofu spring rolls με σάλτσα φιστικιού.

"Λοιπόν, Τζέιμς, φαίνεσαι λίγο έξω από τα νερά σου", σχολίασε η Γκρέις, καθώς περιμέναμε το φαγητό μας. "Είσαι καλά;"

"Ναι, θα είμαι μια χαρά. Νομίζω ότι τα νέα για τον πατέρα μου με έριξαν απότομα και, επιπλέον, ο Κιπ περνάει μια κρίση στην οποία προσπαθώ να τον βοηθήσω. Είναι πολλά ταυτόχρονα".

Τότε έφτασε το φαγητό μας, αχνιστό και αρωματικό. Φυσικά, έπρεπε να σταματήσουμε να μιλάμε για να μπορέσουμε να το εκτιμήσουμε, να το απολαύσουμε και να το δοκιμάσουμε. Όλα ήταν πεντανόστιμα και η σόδα με λάιμ έγινε αμέσως το νέο αγαπημένο μου ποτό. Το Pho Vi ήταν η απόλαυση ενός χορτοφάγου. Αν ήμουν γκρινιάρης θα φώναζα γι' αυτό.

Έριξα μια ματιά στην Γκρέις. Τα μακριά μαύρα μαλλιά της ήταν πιασμένα σε έναν χαλαρό κότσο στο πίσω μέρος με μερικές αδέσποτες τρίχες γύρω από το πρόσωπό της. Ήταν μια νέα εμφάνιση γι' αυτήν, αλλά μου άρεσε. Και ενώ πάντα θαύμαζα τα υπέροχα ραμμένα κοστούμια της Γκρέις, δεν μπορούσα να καταλάβω πώς μπορούσε να περπατάει με αυτά τα τακούνια. Τα πόδια μου πονούσαν και μόνο που τα έβλεπα.

"Λοιπόν, τα καλά νέα είναι..." άρχισε.

"Ναι, σε παρακαλώ, δώσε μου κάποια καλά νέα, Γκρέισι", διέκοψα.

Γέλασε. "Δεν είσαι πολύ ανήσυχος, έτσι; Ήμουν έτοιμη να σου πω ότι μίλησα με τον φίλο μου τον Γκρεγκ στο Υπουργείο Εξωτερικών. Είπε ότι μπορεί να μάθει γιατί απορρίφθηκε η βίζα του μπαμπά σου και ότι θα χαρεί να το κάνει".

Αναστέναξα με ανακούφιση. "Αυτά είναι εξαιρετικά νέα, σ' ευχαριστώ που το έκανες αυτό. Πότε θα έχει απάντηση;"

"Δεν πίστευε ότι θα αργούσε, αλλά θα σε ενημερώσω μόλις έχω νέα του. Εντάξει;"

"Εντάξει. Και ως ευχαριστώ, το μεσημεριανό γεύμα είναι το κέρασμα μου", είπα.

Η Γκρέις γούρλωσε τα μάτια της. "Αν το ήξερα αυτό, θα τρώγαμε στο Café de Paris, πίνοντας σαμπάνια και τρώγοντας εσκαργκό".

Έκανα μια γκριμάτσα. "Αηδία, ξέρεις ότι δεν τρώω σαλιγκάρια, γυναίκα".

"Το ξέρω", είπε, "Αυτό σημαίνει περισσότερα για μένα".

Υπέγραφα την απόδειξη της πιστωτικής κάρτας όταν είδα τη Γκρέις να χαιρετάει κάποιον πίσω μου.

"Ξέρεις όλους όσους είναι οποιοσδήποτε, έτσι δεν είναι;" Αστειεύτηκα.

Η Γκρέις κοίταξε μπερδεμένη. "Νόμιζα ότι ήταν κάποιος που ήξερες. Σε κοιτούσε επίμονα και όταν κοίταξα προς τα εκεί, με χαιρέτησε. Κι έτσι του χαιρέτησα κι εγώ".

Κοίταξα πάνω από τον ώμο μου, αλλά δεν είδα κανέναν.

"Έχει φύγει τώρα", είπε.

"Πώς έμοιαζε;" Ρώτησα.

"Δεν τον είδα καλά, για να είμαι ειλικρινής. Ήταν μέτριας εμφάνισης, με επαγγελματικά ρούχα. Ένα πράγμα που θυμάμαι, ήταν ότι φορούσε γυαλιά με συρμάτινο σκελετό".

ΚΕΦΆΛΑΙΟ 29

Δεν μπορούσα να το πιστέψω, πώς τόλμησε να προσπαθήσει να με εκφοβίσει! Ο Benjamin Γουλφ είχε στείλει τον γιο του Ντάνιελ να με κατασκοπεύει, να με ακολουθεί, να με παρενοχλεί. Πιστεύω ότι υπάρχει μια ειδική θέση στην κόλαση για νταήδες σαν κι αυτόν. Ήμουν εξοργισμένη, αλλά κατάφερα με κάποιο τρόπο να συγκρατηθώ μέχρι να φύγει η Γκρέις. Ήταν μια ερμηνεία που άξιζε Όσκαρ.

Έκανα μια βόλτα στη Λεωφόρο Χόλιγουντ ψάχνοντας για τον κύριο Γυαλιά με Συρματόσχοινο. Δεν ήξερα τι θα έλεγα αν τον έβρισκα, αλλά φανταζόμουν τον εαυτό μου να τον πλησιάζει, να του τραβάει τα γυαλιά από το πρόσωπο και να τα τσαλακώνει με το τακούνι μου. Το πρόβλημα ήταν ότι δεν είχα ιδέα πώς έμοιαζε ο Ντάνιελ Γουλφ. Με την τύχη μου, θα επιτίθονταν σε κάποιον αθώο περαστικό που το μόνο του λάθος ήταν ότι είχε επιλέξει λάθος γυαλιά. Ξαφνικά, κατάλαβα τι πραγματικά συνέβαινε. Ο Μπέντζαμιν Γουλφ δεν προσπαθούσε να με εκφοβίσει· με χρησιμοποιούσε για να φτάσει στον Κιπ! Ο Γουλφ ήθελε να δείξει στον Κιπ ότι μπορούσε να απειλεί τη φίλη του όποτε ήθελε. Το πρώτο μου ένστικτο ήταν να τηλεφωνήσω στον Κιπ και να τον προειδοποιήσω, αλλά μετά σκέφτηκα... ποιο θα ήταν το νόημα; Ο Κιπ είχε αποφασίσει και εγώ θα του πρόσθετα μόνο άγχος. Είχα κουραστεί τόσο πολύ να κάνω αυτές τις συζητήσεις με τον εαυτό μου. Μου προκαλούσε πονοκέφαλο.

Γύρισα στη δουλειά για να τελειώσω τη μέρα. Αν και το μεσημεριανό μου διάλειμμα είχε καταστραφεί, είχα μάθει κάτι για τον Μπέντζαμιν Γουλφ - ήταν απελπισμένος. Όχι ότι είχε σημασία. Αν ο Κιπ ήταν πρόθυμος να θυσιάσει τη δουλειά και την καριέρα του για να κάνει το σωστό, τότε δεν υπήρχε τίποτα που θα μπορούσε να κάνει ο Γουλφ για να τον σταματήσει. Αλλά, με τον Sapphire Sky να κινδυνεύει, ήξερα ότι δεν επρόκειτο να τα παρατήσει.

Καθόμουν στο γραφείο μου και κοιτούσα έξω από το παράθυρο όταν έλαβα ένα μήνυμα από τον Ντιούκ.

Νομίζω ότι ξέρω ποιος είναι ο βάνδαλος του πάρκου - αυτή η μικρή νυφίτσα θα την πατήσει!

Γέλασα δυνατά, αφήστε το στον Ντιούκ! Αν δεν ήταν κανονικός υπερήρωας, ήταν τουλάχιστον βοηθός.

Δούκα, είσαι καταπληκτικός! Ποιος είναι;

Όχι ακόμα, κα Εσκ. Πρέπει να το ελέγξω πρώτα.

Κύριε ντετέκτιβ, κέρδισες όχι ένα, αλλά

δύο μεταμεσονύχτια τηλεφωνήματα από τη φυλακή.

Υποθέτω ότι ο Μπάμπα θα απογοητευτεί πολύ.

Είμαι σίγουρος ότι θα τα καταφέρει με κάποιο τρόπο.

Αφού ο Ντουκ είπε ότι έπρεπε να φύγει, αποφάσισα να τηλεφωνήσω στον Κιπ για τα νέα. Παρόλο που δεν είχε μεγάλη σημασία ποιος ήταν ο βάνδαλος του πάρκου στο σχέδιο των πραγμάτων, σκέφτηκα ότι θα ήθελε να ξέρει ότι ο Ντιούκ ήταν κοντά στο να τον βρει. Κάλεσα το κινητό του και απάντησε μια γυναίκα.

"Το τηλέφωνο του Κιπ Σάιμονς".

"Εμπρός; Μπορώ να μιλήσω με τον Κιπ, παρακαλώ;"

"Λυπάμαι, δεν είναι διαθέσιμος. Μπορώ να του αφήσω μήνυμα;"

Δεν είναι διαθέσιμος; Τι ήταν αυτό; "Ποιος είναι;" Ρώτησα.

"Τζαγιασχρέ Πατέλ."

"Δεν θέλω να φανώ αγενής, Τζαγιασχρέ", είπα, "αλλά γιατί απαντάς στο τηλέφωνο του Κιπ;"

"Μου το ζήτησε", απάντησε. "Ποιος τηλεφωνεί;"

Κάτι έσπασε στον εγκέφαλό μου. "Κοίτα, έχεις το τηλέφωνο του Κιπ στο χέρι σου, οπότε ξέρεις ποια είμαι, η φωτογραφία και το όνομά μου εμφανίζονται όταν τηλεφωνώ. Γιατί παίζουμε αυτό το παιχνίδι;"

Πρέπει να την παραδεχτώ, δεν έχασε ποτέ την ψυχραιμία της.

"Φοβάμαι ότι κάνεις λάθος", είπε. "Ενώ αυτό που υποθέτω ότι είναι η φωτογραφία σας εμφανίζεται, το όνομά σας δεν εμφανίζεται. Αν ήξερα το όνομά σας, δεν θα το ζητούσα".

Ένιωσα σαν να μιλούσα σε ρομπότ. "Αν δεν εμφανίζεται το όνομά μου, τότε ποιανού εμφανίζεται;"

"Δεν είναι όνομα", είπε, κάνοντας μια παύση για μια στιγμή, "είναι η λέξη 'Babe' ακολουθούμενη από δύο emoticons με καρδούλες. Θα ήθελες να σε φωνάζω Μπέιμπ;"

ΚΕΦΑΛΑΙΟ 30

Αισθάνθηκα σαν ηλίθιος; Και βέβαια. Εύχομαι να μπορούσα να σταματήσω να τσακώνομαι με τους ανθρώπους; Χωρίς αμφιβολία. Θα πίστευα ότι μετά τον καβγά μου στο μπάνιο με την Κάντι Μπρουσάρντ, θα είχα μάθει να κλείνω το στόμα μου, αλλά αποδείχθηκε ότι ήταν μια απότομη καμπύλη εκμάθησης. Σε αυτή την περίπτωση, όχι μόνο η Τζαγιασχρέ Πατέλ ήταν εντελώς άγνωστη, αλλά ήταν και το μόνο άτομο που θα μπορούσε να μου πει τι σκάρωνε ο Κιπ - και έπρεπε να πάω και να τα τινάξω όλα στον αέρα.

"Άκου, Τζαγιασχρέ", είπα, "συγγνώμη που ήμουν τόσο αγενής μόλις τώρα. Είχα μια δύσκολη μέρα και ξέσπασα πάνω σου. Σε παρακαλώ, συγχώρεσέ με".

Γέλασε διασκεδάζοντας. "Μην ανησυχείτε, η συγγνώμη έγινε δεκτή, δεσποινίς...;

Α, ναι, ίσως θα έπρεπε να της πω κιόλας το όνομά μου. "Τζέιμι, είμαι η Τζέιμι Κουίν. Μπορείς σε παρακαλώ να μου πεις πού μπορώ να βρω τον Κιπ;"

"Φοβάμαι ότι δεν είναι διαθέσιμος αυτή τη στιγμή, Τζέιμι".

"Μα πού είναι;" Την πίεσα.

"Είναι στο πεδίο της μάχης για μια αποστολή. Θέλω να πω, δουλεύει σε ένα μεγάλο έργο, αλλά θα φροντίσω να του πω ότι τηλεφώνησες".

Αυτή ήταν μια περίεργη επιλογή λέξεων, σκέφτηκα, "σε αποστολή". Ίσως έτσι μιλάνε στην Ουάσινγκτον. "Ξέρετε πότε θα επιστρέψει;"

Η Jayashree ακούστηκε ανυπόμονη. "Μπορεί να μην είναι σε θέση να απαντήσει στην κλήση σας μέχρι αύριο", είπε.

"Αύριο;" Απάντησα έκπληκτος. "Μια τελευταία ερώτηση... είναι καλά ο Κιπ;"

"Δεν χρειάζεται να ανησυχείτε, είναι μια χαρά". Δίστασε και μετά πρόσθεσε: "Όλα θα πάνε καλά".

Αφού κλείσαμε το τηλέφωνο, αναρωτήθηκα τι επρόκειτο να γίνει καλά και πώς ήταν δυνατόν να το ξέρει.

~

Είχα μόλις τελειώσει το πλύσιμο των πιάτων του δείπνου όταν χτύπησε το κουδούνι της πόρτας. Άνοιξα την πόρτα και βρήκα τη Sandy, τη γειτόνισσά μου, να στέκεται στη βεράντα. Πάντα "δανειζόμασταν" υλικά η μία από την άλλη όταν δεν μπορούσαμε να κάνουμε τον κόπο να τρέξουμε στο μαγαζί. Τα δικά της αιτήματα ήταν τα συνηθισμένα, όπως ένα αυγό ή ένα κομμάτι βούτυρο, ενώ τα δικά μου ανήκαν σε μαγειρικό κυνήγι θησαυρού και κυμαίνονταν από άνηθο μέχρι χρένο. Την κάλεσα μέσα.

"Γεια σου γείτονα", της είπα. "Πώς πάει;"

"Καλά, Τζέιμι, εσύ;"

"Ω, πολυάσχολη, τρελή, ξέρεις. Τι να σου φέρω; Το ντουλάπι μου είναι και δικό σου ντουλάπι, αλλά αν φτιάχνεις τα αγαπημένα μου μπισκότα, θα περιμένω ένα όταν τελειώσεις". Γέλασα.

Έδειχνε προβληματισμένη. "Όχι μπισκότα σήμερα. Στην πραγματικότητα, είμαι εδώ επειδή κάνω έρανο για τον Χοσέ Τόρες, για να βοηθήσω στα έξοδα της κηδείας".

"Ποιος είναι ο Jose Torres; Ήταν γείτονας;"

"Συγγνώμη, νόμιζα ότι το είχατε ακούσει. Χθες, οι Χέντερσον προσέλαβαν έναν νεαρό ονόματι Χοσέ Τόρες για να κλαδέψει τα δέντρα τους. Ο καημένος χτύπησε σε ηλεκτρικό καλώδιο και σκοτώθηκε. Τι τραγωδία! Η οικογένειά του δεν έχει πολλά χρήματα, γι' αυτό προσπαθούμε να τους βοηθήσουμε".

"Αυτό είναι φρικτό!" Είπα. "Πώς μου ξέφυγε να το ακούσω αυτό;"

Η Σάντι κούνησε το κεφάλι της. "Δεν ήσουν σπίτι. Είχαμε την αστυνομία, ένα πυροσβεστικό όχημα και ένα ασθενοφόρο εδώ. Οι τραυματιοφορείς προσπάθησαν να τον επαναφέρουν, αλλά ήταν νεκρός πριν πέσει στο έδαφος. Ο ηλεκτρισμός σταμάτησε την καρδιά του και πέθανε".

"Αυτά είναι πραγματικά άσχημα νέα", είπα.

"Αφήστε με να πάρω την τσάντα μου, χαίρομαι που μπορώ να βοηθήσω".

Όταν ο Σάντι έφυγε, σκέφτηκα έναν νεαρό άντρα που είχε χτυπηθεί στο άνθος της ζωής του και του οποίου η καρδιά είχε σταματήσει ξαφνικά, και συνειδητοποίησα κάτι που ήξερα από την αρχή. Ήξερα τι είχε σκοτώσει τον Μάλκολμ Άρμστρονγκ.

ΚΕΦΆΛΑΙΟ 31

Ο ελέφαντας ήταν ένας αντιπερισπασμός, μια αναστάτωση που αυτοσχεδίασε ο δολοφόνος για να καλύψει το έγκλημά του. Υπολόγιζε ότι ο θόρυβος του πλήθους, ο πανικός που προκαλούσε ένας άγριος ελέφαντας, θα έπνιγε τις κραυγές αγωνίας του Μάλκολμ. Ήξερε ότι δεν θα ήταν ένας ήσυχος θάνατος. Πρώτα είχε στείλει μήνυμα στον Μάλκολμ να τον συναντήσει στα δέντρα, ίσως υποσχόμενος να τον πληρώσει, και μετά επιτέθηκε στον Ταζ. Μετά από αυτό, περίμενε στο καθορισμένο σημείο, με το όπλο του πλήρως φορτισμένο. Μόλις ο Μάλκολμ πέρασε μέσα από τα δέντρα, ο δολοφόνος τον είχε χτυπήσει ξανά και ξανά με ηλεκτροσόκ, μέχρι που η καρδιά του τελικά τον εγκατέλειψε. Όπως και ο Jose Torres, ο Malcolm δεν είχε ποτέ καμία ελπίδα.

Αλλά ποιος ήταν αυτός ο δολοφόνος; Ένας άντρας με στολή γελωτοποιού και χλωμά χέρια, αυτό ήταν το μόνο που ήξερα. Μακάρι να μπορούσα να μιλήσω στον Κιπ, αλλά φαινόταν ότι δεν ήταν διαθέσιμος. Αυτός ο τύπος είχε κάποιες εξηγήσεις να δώσει όταν τελικά τον έπιασα στα χέρια μου. Στο μεταξύ, υπήρχε κάποιος άλλος που θα ήθελε πολύ να μάθει τι συνέβη στον Μάλκολμ.

"Ξέρω τι τον σκότωσε", είπα, μόλις ο Ντιούκ σήκωσε το τηλέφωνο.

"Κι εγώ ξέρω ποιος τον πλήρωσε", απάντησε, χωρίς να με ξεπεράσει.

"Αλήθεια; Αυτό είναι υπέροχο! Ποιος ήταν;"

"Πήγαινε εσύ πρώτος", απάντησε ο Ντουκ.

"Θα μπορούσα να διαφωνήσω μαζί σου, αλλά ξέρω πόσο πεισματάρης είσαι", είπα, "Οπότε, θα σου πω. Του έκαναν ηλεκτροσόκ μέχρι θανάτου. Ο ελέφαντας χτυπήθηκε πρώτος με ηλεκτροσόκ για να ξεσηκωθεί το πλήθος".

Ο Ντιούκ σφύριξε. "Είναι απόλυτα λογικό. Κορίτσι μου, είσαι πολύ έξυπνη δικηγόρος!"

"Τότε γιατί δεν είμαι πλούσια;" Γέλασα. "Τώρα, είναι η σειρά σου."

"Δεν θα σας κουράσω με το πόσο χρόνο ξόδεψα ακολουθώντας τα ίχνη των χρημάτων μέσα από μισή ντουζίνα λογαριασμούς. Ή πόσο ευφυής ήμουν στο να καταλάβω ποιος ενέκρινε τις χρεώσεις...".

"Ξέρω ήδη ότι είσαι πανέξυπνος, πες μου ποιος το έκανε ήδη".

"'Ηταν ο ίδιος ο επίτροπος". Είπε ο Ντιούκ, θριαμβευτικά.

"Αποκλείεται!"

"Δεν κάνω λάθη, αγάπη μου".

Άρπαξα το tablet μου από το τραπέζι της κουζίνας και ανέβασα γρήγορα την ιστοσελίδα των επιτρόπων της κομητείας.

"Μπορεί να πλήρωσε τα χρήματα για να προσλάβει τον Μάλκολμ, αλλά δεν έκανε αυτός το ηλεκτροσόκ", είπα.

"Πώς το ξέρεις αυτό;"

"Επειδή κοιτάζω μια φωτογραφία του. Ο δολοφόνος είχε χλωμά χέρια -ο Ντίλι Γουίλιαμς είναι μαύρος".

"Λοιπόν, να με πάρει ο διάολος... ποιος άλλος θα μπορούσε να το έχει κάνει;"

Μου πέρασε από το μυαλό η ιδέα ότι μπορεί να ήταν ο Μπέντζαμιν Γουλφ, αλλά γρήγορα αποφάσισα να μην το κάνω. Απ' ό,τι φαίνεται, δεν ήταν ο τύπος που λερώνει τα χέρια του.

"Ο Κουίνσι Γκρέιβς;" πρότεινα.

"Γιατί πιστεύεις ότι είναι αυτός;"

"Πρώτον, είναι κατάλευκος. Μισεί τον Κιπ, για το άλλο. Θα έκανε τα πάντα για να κάνει τον Κιπ να φανεί κακός".

"Ακόμα και να δολοφονήσει κάποιον;" Ο Ντιούκ δεν το έχαψε.

"Ναι, δεν ξέρω. Έχεις καμιά καλύτερη ιδέα;"

"Προς το παρόν όχι, αλλά θα σε ενημερώσω όταν βρω. Και θα καρφώσω αυτόν τον μικρό βάνδαλο του πάρκου, ενώ θα το κάνω!"

Γέλασα. "Χαίρομαι που το διασκεδάζεις".

"Και βέβαια το διασκεδάζω! Έχω χρόνια να διασκεδάσω τόσο πολύ". Στη συνέχεια, σε πιο σοβαρό τόνο, πρόσθεσε: "Το χρωστάω στον

Μάλκολμ, Τζέιμι. Εμείς οι ιδιωτικοί ντετέκτιβ πρέπει να προσέχουμε ο ένας τον άλλον".

"Καταλαβαίνω. Και εκτιμώ όλα όσα κάνεις, Ντιούκ".

"Μη με ευχαριστείς ακόμα", είπε, "μόλις τώρα ξεκινάω".

ΚΕΦΆΛΑΙΟ 32

Πριν κλείσουμε το τηλέφωνο, ο Ντιούκ θυμήθηκε να ρωτήσει για τον πατέρα μου. Του είπα ότι δεν υπήρχαν νέα ακόμα, αλλά ίσως σύντομα.

Δεν κοιμήθηκα πολύ εκείνη τη νύχτα (καθόλου ασυνήθιστο), αλλά ο λίγος ύπνος που έκανα ήταν γεμάτος εφιάλτες. Αποδεικνύεται ότι η ανάλυση ενός πιθανού φόνου ακριβώς πριν τον ύπνο δεν ευνοεί τον ξεκούραστο ύπνο. Θα πρέπει να το θυμάμαι αυτό για την επόμενη φορά. Επίσης, το γεγονός ότι είχα έναν αγνοούμενο φίλο δεν βοήθησε τα πράγματα - αν και δεν ήταν πραγματικά αγνοούμενος, απλώς απών.

Ήταν Τετάρτη, η μέρα της απόφασης για τον Κιπ. Μπήκα στον πειρασμό να του στείλω μήνυμα ή να του τηλεφωνήσω, αλλά φοβόμουν ότι ο Jayashree είχε ακόμα το τηλέφωνό του. Τι συνέβαινε με αυτό; Κοίταζα το τηλέφωνό μου και αναρωτιόμουν πώς θα μπορούσε κάποιος να αντέξει να είναι τόσο αποσυνδεδεμένος, όταν χτύπησε. Κιπ!

"Καλημέρα, ηλιαχτίδα", είπε. "Ελπίζω να μην ανησύχησες για μένα. Βρίσκομαι στη μέση ενός έργου, οπότε δεν μπορώ να μιλήσω πολύ ώρα. Όλα καλά;"

"Ο αριθμός που καλέσατε έχει αποσυνδεθεί". Είπα με μια φωνή χωρίς τόνο.

"Μη θυμώνεις, δεν μπορούσα να κάνω αλλιώς, το ορκίζομαι! Άκουσα ότι είχες μια ωραία κουβέντα με την Jayashree". Γέλασε.

"Αν είναι να πέσεις από το ραντάρ, τότε δεν επιτρέπεται να με κοροϊδεύεις όταν επιστρέψεις. Ή το ένα ή το άλλο, φιλαράκο".

"Εντάξει, συγγνώμη. Θέλεις να μάθεις τι αποφάσισα;"

"Πεθαίνω να μάθω!"

"Αποφάσισα να μην κάνω... τίποτα."

"Ε;" Είχα μπερδευτεί.

"Θέλουν μια απάντηση, αλλά δεν πρόκειται να τους δώσω. Μπορούν να βγάλουν τα δικά τους συμπεράσματα", είπε.

"Μπράβο σου! Αλλά τι αποφάσισες;"

"Πρέπει πραγματικά να ρωτάς;" Τότε άρχισε να τραγουδάει την πρώτη γραμμή του "If You Don't Know Me By Now", των Simply Red. Είχε καλή διάθεση.

"Γιατί είσαι τόσο χαρούμενος;" Ρώτησα. "Δεν πρόκειται να χάσεις τη δουλειά και την καριέρα σου;"

"Ας πούμε ότι τα πράγματα πάνε καλύτερα. Δεν μπορώ να σου μιλήσω γι' αυτό μέχρι να τελειώσει, αλλά σου υπόσχομαι ότι θα το κάνω τότε".

"Δεν μου αρέσουν όλα αυτά τα μυστικά". Είπα κατσουφιασμένος. "Νόμιζα ότι είχαμε μια σχέση που βασιζόταν στην ειλικρίνεια και την εμπιστοσύνη, μια σχέση όπου συμφωνούσες να απαντάς σε όλες μου τις ερωτήσεις -ακόμα και όταν βρισκόμαστε στη μέση ενός κινηματογράφου. Τι απέγινε αυτό, Κιπ;"

Ο Κιπ κάλυψε το τηλέφωνο για να μπορέσει να μιλήσει σε κάποιον. Όταν επέστρεψε, είπε: "Αυτός ο Κιπ είναι ακόμα εδώ. 'κου, Τζέιμι, πρέπει να φύγω, αλλά μην ανησυχείς, μωρό μου. Όλα θα πάνε καλά".

Καθώς κατέβαζα το τηλέφωνο, σκέφτηκα: Αυτό είναι το ίδιο πράγμα που είπε η Jayashree. Κάτι περίεργο συνέβαινε και ευχόμουν να ήξερα τι. Δεν είχα προλάβει να πω στον Κιπ για τον Μάλκολμ, πως ήμουν πεπεισμένη ότι ο I-C-U τον είχε δολοφονήσει. Αν πριν πίστευα ότι ο I-C-U ήταν επικίνδυνος, τώρα ήμουν σίγουρη γι' αυτό. Τηλεφώνησα στον Κιπ και πήρα τον τηλεφωνητή του, οπότε άφησα μήνυμα.

Ξανά, ξέχασα να σου πω κάτι... ο Ντιουκ εντόπισε τα χρήματα στον Ντίλι Γουίλιαμς. Αυτός πλήρωσε τον Μάλκομ για να μας κατασκοπεύει! Ο Ντουκ κι εγώ πιστεύουμε ότι ο Μάλκομ δολοφονήθηκε, αλλά όχι από τον Ντίλι. Όποιος κι αν είναι ο δολοφόνος, είναι ακόμα εκεί έξω. Σας παρακαλώ, σας παρακαλώ να είστε προσεκτικοί. Σ' αγαπώ.

Σκέφτηκα να καλέσω την αστυνομία, αλλά τι θα τους έλεγα; Η νεκροψία του Μάλκολμ δεν είχε καταλήξει σε συμπέρασμα, οπότε, όσον αφορά την αστυνομία, πέθανε από φυσικά αίτια. Όσο για το ότι ο Ντίλι Γουίλιαμς προσέλαβε έναν ιδιωτικό ντετέκτιβ για να κατασκοπεύσει τον διευθυντή των πάρκων, στην καλύτερη περίπτωση αυτό ήταν υπεξαίρεση κρατικών κονδυλίων, ένα οικονομικό έγκλημα. Ακόμα κι αν τους έδειχνα το απειλητικό e-mail του I-C-U, δεν θα έκανε καμία διαφορά. Για αυτούς, θα φαινόταν σαν ένα ακόμα παραλήρημα ενός τρελού. Αυτό που χρειαζόμασταν ήταν αποδείξεις. Αν ο Ντιούκ μπορούσε να εντοπίσει το e-mail που μου είχε στείλει ο I-C-U, ή τα μηνύματα κειμένου που είχε στείλει κάποιος στον Μάλκολμ, τότε ίσως να είχαμε κάτι. Ίσως να είχαμε αρκετά για να πιάσουμε τον I-C-U.

ΚΕΦΑΛΑΙΟ 33

Είχα προγραμματίσει μια διαμεσολάβηση για εκείνο το πρωί. Η διαμεσολάβηση είναι μια άτυπη συνάντηση των μερών, των δικηγόρων τους και ενός δικαστικού διαμεσολαβητή με σκοπό τη διεξαγωγή διάσκεψης για τη διευθέτηση της διαφοράς. Όλα τα μέρη σε οικογενειακές υποθέσεις υποχρεούνται σε διαμεσολάβηση πριν από τη δίκη- με άλλα λόγια, πρέπει τουλάχιστον να προσπαθήσουν να τα βρουν πριν πάνε στο δικαστήριο. Σε αυτή την περίπτωση, ήμουν ο διαμεσολαβητής, άλλες φορές, βρίσκομαι εκεί ως δικηγόρος. Για τους δικηγόρους οικογενειακών υποθέσεων, είναι ένα παιχνίδι με μουσικές καρέκλες, μετακινούμενοι από την καρέκλα του δικηγόρου στην καρέκλα του διαμεσολαβητή και μετά πάλι πίσω.

Εφόσον ήμουν ο διαμεσολαβητής εκείνη την ημέρα, δεν είχα άλογο στην κούρσα. Στην εναρκτήρια ομιλία μου, εξηγώ πάντα τους κανόνες και κάνω ό,τι μπορώ για να διαβεβαιώσω τα μέρη ότι είμαι ουδέτερος, όπως η Ελβετία. Αν δεν χαμογελάσουν με αυτό, ξέρω ότι θα είναι μια δύσκολη συνεδρίαση.

Είναι αστείο το γεγονός ότι μπορώ να αγωνίζομαι σαν σκυλί για τους δικούς μου πελάτες, αλλά όταν μεσολαβώ, είμαι εντελώς αμερόληπτη. Με κάποιο τρόπο είμαι σε θέση να ανυψώνομαι πάνω από τους καβγάδες και να βλέπω και τις δύο πλευρές, να βλέπω πώς η αλλοπρόσαλλη συμπεριφορά τους υποκινείται από θυμό, ενοχή ή αίσθηση προδοσίας. Καταλαβαίνω ότι όταν αρνούνται να χωρίσουν τη συλλογή DVD ή να απομακρυνθούν από τον κρυστάλλινο πολυέλαιο- απλώς ξεσπούν. Και εκεί που νομίζω ότι δεν υπάρχει περίπτωση αυτά τα μέρη να συμφωνήσουν ποτέ σε κάτι, συμφωνούν. Είναι ένα μικρό θαύμα κάθε φορά που συμβαίνει. Αν δεν μπορώ να κάνω υιοθεσίες κάθε μέρα, τότε θα συμβιβαστώ να κάνω διαμεσολαβήσεις.

Ήμουν κουρασμένη μετά από τέσσερις ώρες διαμεσολάβησης. Αν και δεν έχω κάνει ποτέ χειρωνακτική εργασία, μπορώ να σας πω ότι το να χρησιμοποιείς το μυαλό σου για τέσσερις ώρες συνεχόμενα μπορεί επίσης να είναι εξαντλητικό. Αφού τους έδιωξα όλους από το γραφείο μου και τους ευχήθηκα καλή τύχη και ευτυχισμένη ζωή, κάθισα να φάω μια γρήγορη μπουκιά και να απαντήσω σε μερικά τηλεφωνήματα. Είδα ότι είχα δύο αναπάντητες κλήσεις από τη Γκρέις, γεγονός που την έσπρωξε στην κορυφή της λίστας.

"Γεια σου Γκρέισι, τι τρέχει;"

"Γεια σου Τζέι, έχω κάποια νέα για τον πατέρα σου...".

Κατάλαβα από τη φωνή της ότι δεν ήταν αυτό που ήθελα να ακούσω.

"Υποθέτω ότι είμαι έτοιμη", είπα. "Απλά πες μου... ήταν εξαιτίας της απέλασής του;"

"Όχι, δεν ήταν", απάντησε.

Αυτό μου φάνηκε καλό νέο.

"Το ήξερα!" Είπα. "Ήξερα ότι το Αλλοδαπών και Μεταναστών δεν θα πίστευε ότι είχαν νόμιμο γάμο. Είναι τόσο άδικο! Απλά επειδή δεν έχουν ζήσει μαζί..."

"Τζέιμι, σταμάτα", διέκοψε η Γκρέις. "Ούτε αυτό είναι το θέμα".

"Τότε, ποιο είναι το πρόβλημα;" Ένιωθα ότι ο εγκέφαλός μου έτρεχε μέσα σε μελάσα. Δεν πίστευα ότι υπήρχαν άλλες πιθανότητες.

"Ο μπαμπάς σου και η Άννα Μαρία δεν έχουν νόμιμο γάμο".

"Μα, αυτό είπα κι εγώ..."

"Δεν είναι αυτό που νομίζεις", είπε υπομονετικά.

"Τότε γιατί ο γάμος τους δεν είναι νόμιμος;"

"Επειδή ο μπαμπάς σου είναι ήδη παντρεμένος".

ΚΕΦΆΛΑΙΟ 34

"Αυτό που λες δεν βγάζει νόημα", είπα, προσπαθώντας να παραμείνω ήρεμος. "Πρέπει να πρόκειται για λάθος, για έναν διαφορετικό Γκιγιέρμο Φράνκο".

"Δεν είναι λάθος, Τζέιμι", είπε η Γκρέις με συμπάθεια. "Το έλεγξα. Κοίτα, ξέρω ότι είναι σοκαριστικό..."

"Κάνεις λάθος! Δεν υπάρχει περίπτωση να είναι παντρεμένος, είναι αδύνατον". Άρχισα να κλαίω.

Η Γκρέις προσπάθησε να με ηρεμήσει.

"Μερικές φορές οι άνθρωποι δεν ανταποκρίνονται στις προσδοκίες μας, Τζέιμι. Αυτό δεν σημαίνει ότι είναι κακοί".

"Σε αυτή την περίπτωση σημαίνει", είπα με πικρία. "Είπε ψέματα σε μένα και είπε ψέματα στην καημένη την Άννα Μαρία. Ήθελε αυτή την Πράσινη Κάρτα και δεν τον ένοιαζε ποιος θα πληγωθεί στην πορεία".

"Νομίζω ότι είσαι πολύ σκληρή μαζί του", είπε η Γκρέις.

"Με ποια είναι παντρεμένος;" Απαίτησα.

"Δεν μπόρεσα να μάθω το όνομά της, αλλά το προσπαθώ. Λυπάμαι, Τζέιμι, ξέρω ότι αυτό είναι δύσκολο. Θέλεις να έρθω απόψε και να σου κάνω παρέα;"

"Όχι, θα είμαι εντάξει. Συγγνώμη που είμαι τόσο απαιτητική φίλη".

Η Γκρέις γέλασε λίγο. "Όλοι είμαστε πολύ απαιτητικοί κάποια στιγμή. Απλά μην το κάνεις συνήθεια, εντάξει; Είμαι πολύ απασχολημένη για να αρχίσω να ψάχνω για μια νέα κολλητή φίλη".

"Εντάξει", είπα εγώ, αναφιλημένη. "Ευχαριστώ για όλα, Γκρέισι. Είσαι η καλύτερη".

"Κι εσύ το ίδιο. Τώρα, πήγαινε σπίτι και χαλάρωσε. Θα σου τηλεφωνήσω αύριο".

Αποχαιρετιστήκαμε και μπήκα στη μικρή κουζίνα της διπλανής πόρτας για να πάρω μια κόκα κόλα από το ψυγείο. Επέστρεψα στο γραφείο μου όπου κάθισα σε μια καρέκλα πελάτη, πίεσα το παγωμένο κουτάκι στο κεφάλι μου που πάλλονταν και έκλεισα τα μάτια μου.

Δεν ήξερα τι να κάνω, δεν μπορούσα να το αντιμετωπίσω αυτό. Δεν ήταν δική μου δουλειά να το πω στην Άννα Μαρία, αλλά δεν της άξιζε να το μάθει; Και αν δεν της το έλεγα εγώ, ποιος θα το έκανε; Η σκέψη ότι θα αντιμετώπιζα τον πατέρα μου ήταν υπερβολική ακόμη και για να το σκεφτώ. Όλα κατέρρεαν. Εύχομαι να ζούσα σε ένα εναλλακτικό σύμπαν όπου οι κόρες μπορούσαν να βρουν τους χαμένους πατεράδες τους και δεν αποδεικνύονταν απατεώνες. Δεν έχω ιδέα πόση ώρα καθόμουν εκεί μέσα στη δυσφορία, μουδιασμένη και απογοητευμένη, αλλά όταν άκουσα τους ανθρώπους να κλείνουν το γραφείο για να πάνε στα σπίτια τους, άρχισα να μαζεύω τα πράγματά μου. Κατέβηκα να πάρω την τσάντα μου από το κάτω συρτάρι όταν αισθάνθηκα κάποιον να στέκεται μπροστά στο γραφείο μου. Ένιωθα τόσο πεσμένη εκείνη τη στιγμή που δεν με ένοιαζε ποιος ήταν- αν ήταν ο I-C-U με σάρκα και οστά, δεν θα είχα αντιδράσει.

Σήκωσα το κεφάλι μου και βρέθηκα να κοιτάζω τα πιο ζεστά καστανά μάτια που έχω δει ποτέ, βλέποντας ένα γλυκό χαμόγελο να παίζει στα τέλεια χείλη. Μου άπλωσε το χέρι του και το έπιασα.

"Άκουσα τι συνέβη", είπε. "Η Γκρέις μου τηλεφώνησε. Είμαι εδώ για να σε πάω σπίτι και να σου δώσω κάποια επείγουσα φροντίδα".

"Κιπ", είπα, "σ' αγαπώ".

"Κι εγώ σ' αγαπώ, μωρό μου".

~

"Δεν ήξερα ότι ξέρεις να μαγειρεύεις", είπα από τη θέση μου στην πολυθρόνα. Πήρα μια γουλιά από το Pinot Grigio και ξάπλωσα τελείως προς τα πίσω.

"Μην ενθουσιάζεσαι πολύ", είπε ο Κιπ, σπεύδοντας στην κουζίνα μου. "Φτιάχνω μόνο μια ομελέτα. Αλλά μπορούμε να την ονομάσουμε "φριτάτα", αν αυτό σου ακούγεται πιο γκουρμέ".

"Πες το όπως θέλεις, μυρίζει θεϊκά".

"Λοιπόν, θέλεις να μιλήσουμε γι' αυτό;" ρώτησε.

"Όχι τόσο πολύ".

"Ίσως βοηθήσει. Εντάξει, θα ξεκινήσω εγώ", ο Κιπ έφερε μαχαιροπίρουνα και πιάτα από την κουζίνα και έστρωσε το τραπέζι. "Κι αν είναι λάθος; Είναι πιθανό, έτσι δεν είναι;"

Στεναχωρήθηκα. "Αλήθεια το κάνουμε αυτό; Μόλις είχα αρχίσει να χαλαρώνω".

"Εσύ είσαι το αφεντικό", είπε ο Κιπ, "αλλά ίσως θα έπρεπε να τον αφήσεις λίγο χαλαρό. Είχε μια ζωή που ούτε καν μπορείς να φανταστείς".

Έβαλα το ανάκλιντρό μου στη θέση του και κάθισα ίσια. "Και αυτό σημαίνει ότι του επιτρέπεται να καταστρέφει τις ζωές άλλων ανθρώπων; Όπως την καημένη την Άνα Μαρία;"

"Ίσως ξέχασε ότι είναι παντρεμένος", είπε ο Κιπ χαμογελώντας.

Γύρισα τα μάτια μου. "Σίγουρα, αυτό είναι, το ξέχασε. Εσύ τι λες; Παντρεύτηκες και το ξέχασες;"

"Δεν θα το μάθουμε ποτέ, έτσι δεν είναι;" με πείραξε.

"Γιατί όχι;"

"Γιατί το ξέχασα!" Ο Κιπ γέλασε δυνατά. Μετά χτύπησε ένα μικρό κουδουνάκι που είχε βρει στο ράφι με τα βιβλία μου. "Το δείπνο σερβιρίστηκε, κυρία."

Τον πλησίασα κρατώντας ένα μαξιλάρι του καναπέ και τον χτύπησα με αυτό.

"Αυτό είναι επειδή ξέχασες ότι είσαι παντρεμένος", είπα χαχανίζοντας.

Εκείνος σήκωσε το μαξιλάρι και με χτύπησε ξανά.

"Αυτό είναι επειδή δεν μου το υπενθύμισες", είπε.

Καθώς τρώγαμε το υπέροχο δείπνο μας, είπε: "Ξέρεις, κάπου διάβασα ότι το να κρατάς κακία είναι σαν να πίνεις δηλητήριο και να περιμένεις να πεθάνει ο άλλος".

"Λοιπόν, τι εννοείς; Ότι πρέπει να προσποιηθώ ότι όλα είναι εντάξει; Δεν μπορώ να το κάνω, Κιπ".

"Όχι, δεν εννοούσα αυτό. Νομίζω ότι πρέπει να του μιλήσεις, να ξεκαθαρίσεις τα πράγματα, αλλιώς θα είσαι δυστυχισμένη. Και να το κάνεις σύντομα. Αυτή είναι η συμβουλή μου".

Έσκυψα και τον φίλησα. "Ευχαριστώ, Δρ Φιλ. Μάλλον έχεις δίκιο. Πρέπει να του μιλήσω γι' αυτό. Δεν είμαι σίγουρη τι θα του πω...".

"Τι θα έλεγες να πεις... θυμάσαι τότε που παντρεύτηκες;"

Αυτό με έκανε να ξεκαρδιστώ. Ένιωσα ωραία να γελάω μετά από όλη αυτή την ένταση.

"Είσαι τρελός! Ευχαριστώ για το υπέροχο δείπνο και την εμψύχωση".

"Χωρίς χρέωση, είναι κερασμένα", είπε.

Καθαρίσαμε το τραπέζι και άρχισα να πλένω τα πιάτα. Ο Κιπ βγήκε στο αυτοκίνητό του για να πάρει την παρουσίαση που δούλευε για τη συνεδρίαση της επιτροπής την Παρασκευή. Έφερε την αλληλογραφία μου όταν επέστρεψε.

"Κιπ, προσπάθησε κανείς να επικοινωνήσει

μαζί σου σήμερα για την απόφασή σου;"

"Μόνο μια ντουζίνα τηλεφωνήματα από τον Ντίλι Γουίλιαμς, αλλά δεν απάντησα σε κανένα από αυτά".

Κούνησα το κεφάλι μου με θαυμασμό. "Είσαι το κάτι άλλο!"

Ο Κιπ άφησε το λάπτοπ του στο τραπέζι της κουζίνας μου και μετά πήρε έναν από τους φακέλους που είχε φέρει.

"Αυτό φαίνεται επίσημο", είπε. "Είναι από το Γραφείο Στατιστικών Ζωής".

"Αυτό είναι το πιστοποιητικό γέννησής μου." Είπα, φορτώνοντας το πλυντήριο πιάτων. "Θα σε πείραζε να το ανοίξεις και να μου το διαβάσεις;

"Βεβαίως. Ουάου! Θα το δεις αυτό;"

"Τι;" Είπα.

"Ήσουν ένα μεγάλο μωρό! Οκτώ κιλά!" Άρχισε να γελάει.

"Είσαι ψεύτης! Το βάρος μου δεν είναι εκεί. Έτσι δεν είναι;"

Κούνησε το κεφάλι του και χαμογέλασε.

"Τότε, θα σε πείραζε να μου πεις τι γράφει κάτω από το 'πατέρας';" Ρώτησα.

"Λέει, 'Guillermo Franco'. Τι περίμενες να γράφει;"

"Δεν ήμουν σίγουρος. Ξέρεις τι σημαίνει αυτό, έτσι δεν είναι;"

"Τι είναι αυτό;" Απάντησε ο Κιπ.

Πήρα μια βαθιά ανάσα. "Σημαίνει ότι όποιος κι αν είναι και ό,τι κι αν έχει κάνει, έχω κολλήσει μαζί του".

Ο Κιπ ήρθε κοντά μου και με αγκάλιασε. "Κι εμένα έτσι μου φαίνεται".

ΚΕΦΆΛΑΙΟ 35

Ξύπνησα το πρωί της Πέμπτης με μια αίσθηση τρόμου που δεν μπορούσα να προσδιορίσω. Εξάλλου, ήμουν άνετα στο κρεβάτι με το νυσταγμένο αγόρι μου από τη μία πλευρά και την υπέρβαρη γάτα μου από την άλλη- θα έπρεπε να ήμουν ευτυχισμένη. Τότε θυμήθηκα - ο πατέρας μου ήταν δίγαμος και σκόπευα να τον καλέσω γι' αυτό. Τράβηξα τα σκεπάσματα πάνω από το κεφάλι μου, ελπίζοντας να περάσω μερικά λεπτά ακόμα σε άρνηση, αλλά δεν είχα τύχη. Αποφάσισα αντ' αυτού να ξεκινήσω τον καφέ.

Άφησα τον Κιπ να κοιμηθεί, γιατί είχε μείνει ξύπνιος πολύ μετά τη μία και δούλευε στην παρουσίασή του. Ακόμα δεν καταλάβαινα πώς σκόπευε να σώσει τη δουλειά του, αλλά σύντομα όλα θα αποκαλύπτονταν, ή τουλάχιστον αυτό μου έλεγε συνέχεια. Ήμουν έτοιμη να ετοιμάσω πρωινό, όταν άκουσα τον Κιπ να γκρινιάζει από την κρεβατοκάμαρα.

"Γιατί δεν με ξύπνησες, Τζέιμι; Τώρα, θα αργήσω".

"Συγγνώμη! Φαινόσουν κουρασμένος".

Ο ήχος του χτυπήματος της πόρτας του μπάνιου ήταν η απάντησή του. Πέντε λεπτά αργότερα, όρμησε στην κουζίνα, άρπαξε το λάπτοπ του, μου έδωσε ένα φιλί στο μάγουλο και έφυγε τρέχοντας από την πόρτα.

"Αντίο και σε σένα", είπα στον εαυτό μου.

Όσο κι αν είχα την τάση να χρονοτριβώ όταν επρόκειτο για τη δουλειά μου, ήξερα ότι δεν μπορούσα να κάνω το ίδιο με τον πατέρα μου, όχι αν ήθελα ποτέ να έχω το κεφάλι μου ήσυχο. Ο Κιπ είχε δίκιο - δεν ήταν υγιές να κρατάω τον θυμό μου μέσα μου. Προσπαθούσα να αποφασίσω αν θα καλούσα τον πατέρα μου τηλεφωνικά ή μέσω Skype. Από τη μια πλευρά, μπορούσα να κρύψω καλύτερα τα συναισθήματά μου στο τηλέφωνο- από την άλλη, το ίδιο μπορούσε να κάνει και εκείνος, και ήθελα να δω το πρόσωπό του. Μετά από τόσα χρόνια που είχα περάσει ως δικηγόρος, μπορούσα να διαβάζω πολύ καλά τα πρόσωπα, ακόμη και τις μικροεκφράσεις που δεν έβλεπαν οι περισσότεροι άνθρωποι. Με άλλα λόγια, αναγνώριζα έναν ψεύτη όταν τον έβλεπα.

Αν και ήταν πολύ νωρίς, ώρα Νικαράγουας, δεν με ένοιαζε. Ήταν τώρα ή ποτέ. Ο πατέρας μου απάντησε στην κλήση μέσω Skype μετά από ένα χτύπημα. Έμοιαζε ίδιος όπως πάντα, με σγουρά λευκά μαλλιά και φουντωτά φρύδια που πλαισίωναν ένα ταλαιπωρημένο, αλλά ευχάριστο πρόσωπο.

"Hola mi hija, είναι όλα εντάξει;"

Δεν είχα σκεφτεί τι θα έλεγα.

"Γεια σου μπαμπά, συγγνώμη που τηλεφωνώ τόσο νωρίς, αλλά...".

"Τι συμβαίνει; Είσαι άρρωστη; Είναι η Άννα Μαρία;"

Η ανησυχία στο πρόσωπό του ήταν ειλικρινής- δεν χρειαζόμουν ιδιαίτερες ικανότητες για να το δω αυτό.

"Είμαστε και οι δύο καλά, δεν ήθελα να σε ανησυχήσω, αλλά έμαθα γιατί δεν σου δόθηκε βίζα και ήθελα να σου μιλήσω γι' αυτό".

"Φυσικά, σε παρακαλώ, θέλω να μάθω τι συνέβη", είπε.

"Δεν είμαι σίγουρη πώς να το πω αυτό..."

"Μπορείς να μου πεις τα πάντα, Τζέιμι. Ελπίζω να το ξέρεις αυτό".

Συνειδητοποίησα ότι κρατούσα την αναπνοή μου και την άφησα να φύγει. "Εντάξει, να το πρόβλημα. Η βίζα σου απορρίφθηκε επειδή ο γάμος σου με την Άνα Μαρία δεν είναι νόμιμος, δεν είστε πραγματικά παντρεμένοι".

Μελέτησα το πρόσωπό του για κάποια αντίδραση, αλλά είδα μόνο έκπληξη και θυμό να καταγράφονται εκεί, καμία ενοχή ή εξαπάτηση.

"Τι εννοείτε με αυτό;" Είπε. "Έχω μια άδεια γάμου που εκδόθηκε στη Μανάγκουα και λέει ότι είμαστε παντρεμένοι".

Ψάχνοντας σε ένα συρτάρι πίσω του, έβγαλε ένα κομμάτι χαρτί, το οποίο σήκωσε στην κάμερα.

"Βλέπετε; Είναι υπογεγραμμένο από τον

αρμόδιο υπάλληλο και έχει ημερομηνία πριν από δύο χρόνια. Γιατί μας το κάνουν αυτό; Αν θέλουν να μου αρνηθούν τη βίζα μου, έχουν αυτό το δικαίωμα, αλλά δεν πρέπει να λένε ψέματα!"

Δεν υπήρχε καμία αμφιβολία ότι ήταν έξαλλος και εξοργισμένος. Ήταν καιρός να τα παρατήσει.

"Μπαμπά, είπαν ότι δεν μπορείς να παντρευτείς την Άνα Μαρία επειδή είσαι ήδη παντρεμένος με κάποια άλλη".

Ο θυμός του εξατμίστηκε και τη θέση του πήρε η απορία.

"Τζέιμι, κάνουν λάθος", είπε. "Δεν είμαι παντρεμένος με καμία άλλη εκτός από την Άνα Μαρία. Σκέψου το, αυτός ο υποτιθέμενος γάμος έγινε στις ΗΠΑ; Έχω να ζήσω εκεί από τα είκοσι ένα μου χρόνια, λίγο πριν απελαθώ. Τότε ήμουν με τη μητέρα σου, δεν υπήρχε κανένας άλλος".

Φυσικά! Ο μόνος γάμος που θα έπαιρνε το Αλλοδαπών θα έπρεπε να είχε γίνει εδώ. Και ο πατέρας μου δεν ζούσε εδώ- δεν είχε ζήσει εδώ για περισσότερα από τριάντα χρόνια. Ένιωσα ηλίθια που δεν το είχα συνειδητοποιήσει μόνη μου, αλλά επίσης ανακουφίστηκα, τόσο ανακουφισμένη.

"Ω, μπαμπά, έχεις δίκιο, πρέπει να πρόκειται για λάθος. Λυπάμαι, έπρεπε να το είχα καταλάβει. Μην ανησυχείς, θα βρω την άκρη του νήματος".

"Σε παρακαλώ, κάνε το για μένα", είπε. "Αυτό πρέπει να διορθωθεί. Θα κάνεις κάτι ακόμα για μένα, hija;"

"Ό,τι χρειαστείς."

"Σε παρακαλώ, μην το πεις αυτό στην Άννα Μαρία, δεν θέλω να την ανησυχήσω. Έχει ήδη αρκετές ανησυχίες".

"Δεν θα το κάνω, Πάπι." Είπα. "Το υπόσχομαι."

~

Αμέσως έστειλα μήνυμα στην Γκρέις για να της πω γιατί ο πατέρας μου δεν θα μπορούσε να είναι δίγαμος. Με συνεχάρη και μου ζήτησε συγγνώμη που με έβαλε σε αυτή τη διαδικασία, που δεν το κατάλαβε η ίδια. Δύο έξυπνοι δικηγόροι και οι δυο μας δεν καταλάβαμε το προφανές- ίσως δεν ήμασταν τόσο έξυπνοι όσο νομίζαμε. Είπε ότι θα προσπαθούσε να βρει ένα αντίγραφο του πιστοποιητικού γάμου.

Καθώς οδηγούσα τη μικρή απόσταση μέχρι τη δουλειά, έβαλα στο ραδιόφωνο τραγούδια από τη δεκαετία του '70, του '80, του '90 και του σήμερα, τραγουδώντας μαζί τους όταν ήξερα τους στίχους και προσποιούμενη όταν δεν ήξερα. Είχα πολύ καλή διάθεση όταν έφτασα στο γραφείο μου και δύσκολα μπορούσα να πιστέψω ότι ήμουν το ίδιο άτομο που, μόλις την προηγούμενη μέρα, νόμιζε ότι ο κόσμος της γκρεμιζόταν γύρω της. Τίποτα δεν μπορούσε να μου χαλάσει την καλή μου διάθεση, ούτε καν όταν τηλεφώνησε ο Ντιούκ για να μου πει ότι είχε εντοπίσει τα e-mail που είχαν σταλεί στον Malcolm. Είχαν προέλθει μέσω μιας εταιρείας-βιτρίνα στην οποία η εταιρεία του Μπέντζαμιν Γουλφ ήταν ο κύριος μέτοχος.

Αυτό έδειχνε ότι ο Μπέντζαμιν Γουλφ ήταν ο I-C-U, αλλά και πάλι δεν μου φαινόταν σωστό. Ο Γουλφ ήταν πολύ φωνακλάς και θορυβώδης, δεν ήταν ο τύπος που κρυβόταν και δολοφονούσε κάποιον, αλλά υποθέτω ότι θα μπορούσε να είχε προσλάβει κάποιον για να το κάνει. Είπα στον Ντουκ ότι ήθελα να μιλήσω στον Κιπ πριν πάμε στην αστυνομία και συμφώνησε. Αποδείχτηκε ότι δεν ήμουν ο μόνος που είχε πολύ καλή διάθεση, ο Ντιούκ είχε επιτέλους το όνομα του βάνδαλου του πάρκου (ήταν ο Τζόρνταν Ράιντερ) και είχε σχέδια να τον εντοπίσει.

Η μέρα πέρασε γρήγορα και ήταν τρεις η ώρα πριν το καταλάβω. Όταν χτύπησε το κινητό μου, δεν αναγνώρισα τον αριθμό.

"Γεια σας".

"Είσαι ο Τζέιμι;" Με ρώτησε μια γυναικεία φωνή, η οποία μου φάνηκε οικεία.

"Ναι, ποιος είναι;"

"Είμαι η Τζαγιασχρέ Πατέλ. Συγγνώμη που σας ενοχλώ, αλλά ξέρετε πού είναι ο Κιπ;"

Άρχισα να γελάω. "Καλό αυτό, Τζαγιασχρέ. Θα ρωτάμε τώρα εναλλάξ η μία την άλλη πού είναι ο Κιπ;"

"Όχι, δεν κάνω πλάκα", είπε. "Ειλικρινά, δεν ξέρω πού είναι και ανησυχώ αρκετά".

Ένιωσα τους σφυγμούς μου να χτυπούν γρήγορα και στο άνω χείλος μου έπεσαν χάντρες ιδρώτα. "Γιατί ανησυχείτε; Δοκίμασες στο κινητό του;"

"Το κινητό του είναι κλειστό. Τζέιμι, χρειαζόμαστε τη βοήθειά σου, μπορούμε να συναντηθούμε;"

"Θα σας συναντήσω όπου μου πείτε. Τι εννοείς 'εμείς';"

"Δεν μπορώ να σου πω από το τηλέφωνο. Συνάντησέ με σε δεκαπέντε λεπτά στο Hollywood Circle δίπλα στην εξέδρα της μπάντας".

"Θα είμαι εκεί", είπα και έκλεισα το τηλέφωνο.

Έβγαινα από την πόρτα όταν το τηλέφωνό μου χτύπησε με ένα e-mail. Δεν ξέρω τι με έκανε να το κοιτάξω, η δύναμη της συνήθειας, αλλά η καρδιά μου σχεδόν σταμάτησε όταν το διάβασα. Είχα επιτέλους την απάντησή μου.

TO: DeadEndJob@Gmail.com

FROM: I-C-U@Gmail.com

RE: Νέος κατάλογος θέσεων εργασίας

Ανοικτή θέση για διευθυντή πάρκων

Αναζήτηση υποψηφίων για τη θέση του διευθυντή των πάρκων της κομητείας Broward. Πρέπει να είναι σε θέση να ακολουθεί εντολές. Οι ανεξάρτητα σκεπτόμενοι δεν χρειάζεται να υποβάλουν αίτηση. Η κενή θέση δημιουργήθηκε λόγω της ανεξήγητης εξαφάνισης του σημερινού διευθυντή.

ΚΕΦΆΛΑΙΟ 36

Ωωω, θεέ μου, Ωωω, θεέ μου, ωωω, Θεέ μου, Ι-C-U έχει τον Κιπ!! Δεν μπορούσα να αναπνεύσω! Έβγαλα τα παπούτσια μου και έτρεξα από το γραφείο μου μέχρι το Hollywood Circle τρία τετράγωνα μακριά. Είδα την Τζαγιασχρέ να κάθεται σε ένα παγκάκι και έτρεξα προς το μέρος της. Χωρίς να πω λέξη, της έδωσα το τηλέφωνό μου για να διαβάσει το e-mail από την Ι-C-U. Κοίταξε βλοσυρή και μου έκανε νόημα να καθίσω.

"Μα δεν έχουμε χρόνο γι' αυτό, πρέπει να φύγουμε!" Ήμουν σε έξαλλη κατάσταση.

"Δεν ξέρουμε πού να ψάξουμε ακόμα, δώσε μου μόνο τρία λεπτά από το χρόνο σου, Τζέιμι".

Κάθισα και η Τζαγιασχρέ ξεκίνησε τις εξηγήσεις της, μιλώντας γρήγορα και περιμένοντας να ακολουθήσω.

"Τον τελευταίο χρόνο, το γραφείο του Γενικού Εισαγγελέα υποψιαζόταν ότι ορισμένοι εκλεγμένοι αξιωματούχοι της κομητείας Μπρόουαρντ ήταν ένοχοι για διαφθορά και δωροδοκία, αλλά δεν είχε αδιάσειστα στοιχεία. Αποφάσισε να στήσει μια επιχείρηση παγίδευσης, επιστρατεύοντας έναν υψηλόβαθμο υπάλληλο της κομητείας. Όταν προσλήφθηκε ο Κιπ, τον στρατολόγησαν και συμφώνησε να βοηθήσει".

"Τι έπρεπε να κάνει;" Ρώτησα.

"Έπρεπε να φοράει κοριό κάθε φορά που συναντιόταν με τον Μπέντζαμιν Γουλφ ή μεμονωμένους επιτρόπους. Πιστεύαμε ότι ο Γουλφ δωροδοκούσε ορισμένους επιτρόπους και όχι απλώς έκανε δωρεές στις εκστρατείες τους. Στήσαμε επίσης μια παγίδα για τον Κουίνσι Γκρέιβς για να διαπιστώσουμε αν δούλευε για τον Γουλφ".

"Ήταν εκείνη η μέρα που σας άκουσα να μιλάτε με τον Κιπ στο γραφείο του;" Διέκοψα. "Τη μέρα που ο Κουίνσι παραλίγο να με πατήσει;"

"Ναι", είπε. "Έφαγε το δόλωμα και έδωσε τις ψευδείς πληροφορίες στον Γουλφ".

"Ποιος είναι ο ρόλος σου σε αυτό; Εργάζεστε για τον Γενικό Εισαγγελέα;"

"Όχι, εργάζομαι για μια διαφορετική υπηρεσία. Είμαι σε αποστολή από την Ουάσινγκτον".

"ΟΥΑΣΙΓΚΤΟΝ; Περίμενε, είσαι του FBI;"

Εκείνη έγνεψε και συνέχισε. "Η ομάδα μας κατάφερε να πιάσει έναν επίτροπο να δέχεται δωροδοκία, αλλά στη συνέχεια δεν σημείωσε περαιτέρω πρόοδο. Έπρεπε να βρούμε έναν εναλλακτικό τρόπο για να τους αναγκάσουμε, οπότε βάλαμε τον Κιπ να αρνηθεί να "παίξει μπάλα" στο έργο Sapphire Sky Tower. Τώρα φαίνεται ότι πιέσαμε πολύ δυνατά. Κάποιος πραγματικά δεν θέλει τον Κιπ στην αυριανή συνάντηση".

"Λοιπόν, πού είναι;" απαίτησα. "Έχεις καμιά ιδέα;"

Κούνησε το κεφάλι της. "Στις 2:30, δέχτηκε ένα τηλεφώνημα για ένα επείγον περιστατικό στο πάρκο που είπε ότι έπρεπε να τακτοποιήσει. Είπε στη βοηθό του ότι το πάρκο απείχε είκοσι πέντε λεπτά από το γραφείο. Δεδομένου ότι παρακολουθούσαμε το GPS στο τηλέφωνο και το αυτοκίνητό του ανά πάσα στιγμή, δεν ανησυχούσαμε, αλλά πριν από είκοσι λεπτά ήταν και τα δύο απενεργοποιημένα".

Ήμουν έτοιμος να πάθω νευρικό κλονισμό, το ορκίζομαι. Της είπα για τον I-C-U όσο πιο γρήγορα μπορούσα να βγάλω τις λέξεις - πώς είχε προσλάβει έναν ιδιωτικό ντετέκτιβ ονόματι Μάλκολμ Άρμστρονγκ για να μας κατασκοπεύει και μετά δολοφόνησε τον Μάλκολμ στο Ren-Fest, ενώ ήταν μεταμφιεσμένος σε γελωτοποιό. Της είπα για το πρώτο e-mail που μου είχε στείλει προειδοποιώντας τον Κιπ να κάνει πίσω. Της είπα πώς τα e-mails που στάλθηκαν στον Μάλκολμ προέρχονταν από μια από τις εταιρείες του Γουλφ και πώς τα χρήματα που χρησιμοποιήθηκαν για την πληρωμή του Μάλκολμ προέρχονταν από κονδύλια της κομητείας που είχε εγκρίνει η Επίτροπος Ντίλι Γουίλιαμς. Κούνησε το κεφάλι της όταν ανέφερε το όνομα της Ντίλι. Ήμουν σίγουρος ότι αυτός ήταν που έπαιρνε δωροδοκίες.

"Πιστεύετε ότι ο Μπέντζαμιν Γουλφ είναι I-

C-U; Έχει τον Κιπ;" Ρώτησα.

Η Τζαγιασχρέ κούνησε ξανά το κεφάλι της. Παρακολουθούσαν τον Γουλφ, οπότε ήξεραν ότι βρισκόταν αυτή τη στιγμή στο γραφείο του στο κέντρο της πόλης. Μου είπε ότι είχε προσπαθήσει να συντάξει μια λίστα με όλα τα πάρκα σε απόσταση είκοσι πέντε λεπτών με το αυτοκίνητο από το γραφείο του Κιπ, αλλά ήταν πάρα πολλά.

Έσπαγα το κεφάλι μου, προσπαθώντας να σκεφτώ κάτι, οτιδήποτε, αλλά το μόνο που μπορούσα να σκεφτώ ήταν πώς ο Κιπ αρνιόταν να παίξει μπάλα....να παίξει μπάλα, γιατί είχε κολλήσει αυτό στο μυαλό μου; Ποιον ήξερα που έπαιζε μπάλα; Ο Τζόι, ο Τζόι ο καφετζής που το πρόσωπό του είχε σπάσει με μια μπάλα, πιθανότατα από τον Ι-Κ-Ο. Μου είχε αφήσει μήνυμα! Έψαξα στην τσάντα μου μέχρι να βρω το χαρτί που μου είχε δώσει η αδελφή του. Έλεγε: ποτάμι χορτάρι η βάρκα είναι η βάρκα. Κι αν αναφερόταν σε ένα πάρκο με ποτάμι; Σκεφτείτε τον Τζέιμι! Έγραψα όλα τα πάρκα στα οποία είχαμε πάει ποτέ και όλα αυτά που ήξερα τα ονόματά τους. Ποτάμι και χορτάρι, ποτάμι... Ποτάμι με χορτάρι ήταν ένα άλλο όνομα για τα Έβεργκλεϊντς!!! Ο Κιπ και εγώ είχαμε πάει στο πάρκο διακοπών Everglades- είχαμε κάνει βόλτα με το αερόπλοιο εκεί. Έψαξα γρήγορα στο Google και βρήκα ότι ήταν ακριβώς είκοσι πέντε λεπτά από το γραφείο του Κιπ. Η Τζαγιασχρέ συμφώνησε ότι ήταν η καλύτερη επιλογή μας και έτσι ξεκινήσαμε με το αυτοκίνητό της. Οδηγούσε σαν μανιακός, αλλά φτάσαμε εκεί σώοι και οδηγήσαμε κατευθείαν στον χώρο ενοικίασης των αεροσκαφών.

Βγήκαμε και η Τζαγιασχρέ μου έκανε νόημα να κάνω ησυχία και να την ακολουθήσω. Περπατήσαμε μπροστά από ένα μικρό κτίριο που στέγαζε τις τουαλέτες. Καθώς περνούσαμε τη γωνία, άκουσα κάποιον να μου σφυρίζει χαμηλόφωνα.

"Τζέιμι, εδώ."

Η Τζαγιασχρέ κινήθηκε γρήγορα, πλησίασε κρυφά πίσω από το άτομο και τράβηξε το όπλο της με μια ομαλή κίνηση.

"Ποιος στο διάολο είσαι εσύ;" ρώτησε μια αγανακτισμένη φωνή που ήξερα πολύ καλά.

Ήρθα από τη γωνία και είπα: "Ντιούκ! Τι κάνεις εδώ;"

Δεν νομίζω ότι είχα χαρεί ποτέ στη ζωή μου περισσότερο να δω κάποιον. Γύρισα προς την Τζαγιασχρέ και είπα: "Μπορείς σε παρακαλώ να σταματήσεις να σημαδεύεις με το όπλο σου τον φίλο μου;".

Η Τζαγιασχρέ άφησε το όπλο στην άκρη και ο Ντιούκ την κοίταξε καλά. Πιθανότατα δεν είχε ξαναδεί ποτέ μια πανέμορφη Ινδή πράκτορα του FBI. Το ήξερα ότι εγώ δεν είχα δει. Ο Ντιούκ, που ήταν σκυμμένος στο έδαφος, με κοίταξε με σύγχυση.

"Θέλεις να μάθεις τι κάνω εδώ; Ακολουθώ τον βάνδαλο του πάρκου, όπως σου είπα ότι θα έκανα. Το ερώτημα είναι... τι κάνεις εσύ εδώ; Και ποια είναι η κυρία με τη φαγούρα στο δάχτυλο της σκανδάλης;"

Του είπα ότι ήταν του FBI, ότι ο Κιπ είχε

εξαφανιστεί και ότι πιστεύαμε ότι το I-C-U του είχε στήσει παγίδα, ξεγελώντας τον να έρθει στο πάρκο.

"Δεν μπορεί να είναι σύμπτωση", μουρμούρισε ο Ντουκ.

"Τι δεν μπορεί;" ρώτησε η Τζαγιασχρέ.

"Εγώ είμαι εδώ, εσύ είσαι εδώ - ο βάνδαλος του πάρκου πρέπει να εμπλέκεται σε όλα αυτά".

Έβγαζε νόημα, αλλά και πάλι δεν μας έφερνε πιο κοντά στην εύρεση του Κιπ.

"Πρέπει να πάμε στα αερόπλοια", είπα. "Δεν υπάρχει πουθενά αλλού να κρυφτούμε σε αυτό το πάρκο".

Και ήταν αλήθεια. Το ποτάμι από γρασίδι εκτεινόταν για μίλια προς κάθε κατεύθυνση-τα μόνα δέντρα ήταν περιστασιακά ψηλοί φοίνικες που δεν παρείχαν καμία σκιά ή κάλυψη. Οι τρεις μας σκύψαμε χαμηλά και κατευθυνθήκαμε προσεκτικά προς τις ελλιμενιζόμενες βάρκες, σταματώντας πίσω από την πιο κοντινή στην άκρη. Προς έκπληξή μας, μια κοπέλα στεκόταν πάνω στη βάρκα και κοιτούσε στο βάθος μέσα από ένα ζευγάρι κιάλια μεγάλης ισχύος. Ήταν ένα περίεργο μείγμα από γκόθικ και μηχανόβια γκόμενα. Δεν μπορούσα να καταλάβω τι εμφάνιση επεδίωκε με τα παράξενα τατουάζ της, τα πολλαπλά σκουλαρίκια στο πρόσωπο και τα μοβ μαλλιά της κομμένα κοντά και αγκαθωτά. Ήξερε σαφώς ότι ήμασταν εκεί, αλλά δεν πήρε χρόνο να γυρίσει. Όταν τελικά γύρισε, κοίταξε κατευθείαν τον Ντιούκ.

"Έι, Ντάφους, γιατί με ακολουθείς;"

ΚΕΦΑΛΑΙΟ 37

"Σε ακολουθεί;" Ο Ντιούκ ξεφούρνισε. "Εγώ δεν... για μισό λεπτό... μη μου πεις ότι είσαι ο Τζόρνταν Ράιντερ;"

"Ναι", είπε το Κορίτσι Γκόθ, "αυτή είμαι εγώ.

"Είσαι ο βάνδαλος του *πάρκου*;" Ο Ντιούκ την κοίταξε με δυσπιστία.

"Προτιμώ τον όρο 'καλλιτέχνης της περφόρμανς'", είπε εκείνη και τον τσίμπησε.

Η Τζαγιασχρέ ήταν εντελώς επαγγελματίας. "Πρέπει να σε ρωτήσω τι κάνεις εδώ".

"Αυτό είναι το πάρκο μου. Έρχομαι εδώ κάθε μέρα για να παρακολουθώ *τα πουλιά*", είπε ο Τζόρνταν, χωρίς ίχνος σαρκασμού.

"Πώς είναι αυτό το πάρκο σου;" ρώτησε ο Ντουκ.

"Κάποτε το διαχειριζόμουν εγώ. Ναι, δούλευα εδώ για ενάμιση χρόνο -μέχρι που με απέλυσαν από εκείνο το κάθαρμα, τον Κιπ Σάιμονς". Είχε ένα βλέμμα περιφρόνησης.

"Τι κοιτάς τώρα;" Ρώτησα. "Τα πουλιά;"

Με κοίταξε, αποφασίζοντας αν θα απαντήσει. "Κάποιος προσπαθεί να κλέψει μια βάρκα εκεί πέρα", είπε δείχνοντας. "Αλλά δεν θα πάνε μακριά".

Ξαναγύρισε να κοιτάζει μέσα από τα κιάλια της.

Η καρδιά μου χτυπούσε τόσο γρήγορα που νόμιζα ότι θα πάθω καρδιακή προσβολή. Ήταν ο Κιπ εκεί πέρα;

"Γιατί δεν θα πάνε μακριά;" Ρώτησα.

"Επειδή έβγαλα όλη τη βενζίνη", είπε με σοβαρότητα.

"Άκου, Τζόρνταν", είπα, "νομίζω ότι ο φίλος μου είναι στο σκάφος με έναν δολοφόνο. Μπορείς να μας βοηθήσεις; Μπορείς να μας βοηθήσεις; Σε παρακαλώ;"

Προσπαθούσα να συγκρατηθώ, αλλά εξακολουθούσα να φαντάζομαι τον Μάλκολμ πεσμένο στο έδαφος, με ηλεκτροσόκ μέχρι θανάτου. Αν ήθελα τη βοήθεια αυτής της κοπέλας, δεν μπορούσα να της πω ότι έψαχνα τον Κιπ - όχι με τον τρόπο που ένιωθε γι' αυτόν. Ήξερα ότι είχε βανδαλίσει τουλάχιστον δώδεκα πάρκα προς τιμήν του. Αλλά, όταν δεν απάντησε στην ερώτησή μου, αναρωτήθηκα αν με άκουσε. Ήμουν τόσο ταραγμένη σε εκείνο το σημείο που δεν ήμουν σίγουρη αν το είχα πει δυνατά ή αν απλά νόμιζα ότι το είχα πει. Ένα λεπτό αργότερα, η Τζόρνταν άφησε κάτω τα κιάλια και άρχισε να ψάχνει σε ένα γκράφιτι που υπήρχε σε ένα σακίδιο πλάτης στα πόδια της. Τα φουντωτά βιολετί μαλλιά της, που θρόιζαν στον άνεμο, έμοιαζαν να αποκτούν δική τους ζωή, σαν κάποιο εξωτικό θαλάσσιο πλάσμα. Έβγαλε ένα μαύρο καπέλο του μπέιζμπολ από το σακίδιο και το κόλλησε στο κεφάλι της, καλύπτοντας αποτελεσματικά όλο το μωβ- ήταν σαν το πλάσμα να είχε βουτήξει στον σκοτεινό ωκεανό. Στη συνέχεια έβγαλε ένα κουτί εντομοκτόνο και ένα κλειστό κουτάκι αναψυκτικού, τα οποία έβαλε στις τσέπες του αντιανεμικού της. Σηκώθηκε και γύρισε προς το μέρος μας.

"Εντάξει, είμαι μέσα", είπε, "αλλά θα το κάνουμε με τον δικό μου τρόπο". Μετά με κοίταξε. "Συγγνώμη, όχι εσύ, είσαι σε κατάρρευση".

Στη συνέχεια έδωσε το κλειδί της βάρκας στον Ντιούκ και ψιθύρισε κάτι στο αυτί του. Εκείνος έγνεψε.

"Μπορώ να το κάνω αυτό", είπε. "Πάντα ήθελα να δοκιμάσω ένα από αυτά τα μωρά".

Τράβηξε τον Τζαγιασχρέ στην άκρη και έκαναν μια συζήτηση μακριά από τα αυτιά μου. Είδα την Τζαγιασχρέ να γνέφει το κεφάλι της συμφωνώντας. Τότε, προς έκπληξή μου, ο Τζόρνταν πήδηξε από τη βάρκα και άρχισε να απομακρύνεται, προς την πιο απομακρυσμένη βάρκα.

"Σε παρακαλώ, πες μου τι συμβαίνει!" Είπα.

Ο Ντιούκ κοίταζε το ρολόι του. "Θα το μάθεις σε τρία λεπτά, αγάπη μου. Απλά κάνε υπομονή".

Μόλις η Τζόρνταν έφτασε στον προορισμό της, άρπαξα τα κιάλια για να δω τι συνέβαινε. Την είδα να μιλάει με κάποιον στο σκάφος, σαν να ζητούσε οδηγίες. Ξαφνικά, πήδηξε στο σκάφος και πέταξε το κουτάκι με τη σόδα στο κατάστρωμα, όπου εξερράγη. Στη συνέχεια ψέκασε εντομοκτόνο στα μάτια του άνδρα και τον είδα να πέφτει στα γόνατα. Την ίδια στιγμή, ο Ντιούκ έβαλε μπροστά τη μηχανή του αεροσκάφους, η οποία έκανε απίστευτο θόρυβο, και κατευθύνθηκε προς την άλλη βάρκα. Η τελευταία φορά που είχα μπει σε αερόπλοιο ήταν με τον Κιπ και είχα φορέσει ωτοασπίδες- ευτυχώς, δεν είχαμε πολύ δρόμο να διανύσουμε. Ο Ντιούκ σταμάτησε δίπλα στην άλλη βάρκα, όπου ένας άντρας, ο οποίος μου ήταν άγνωστος, ήταν διπλωμένος, έτριβε τα μάτια του και ούρλιαζε από τον πόνο. Είδα τον Τζόρνταν να σκύβει πάνω από κάποιον που βρισκόταν μπρούμυτα στο κατάστρωμα. Έλεγξε τον σφυγμό του και μου έκανε νόημα να έρθω κοντά του. Ο Ντιούκ έκοψε τη μηχανή ώστε να μπορέσουμε να πηδήξουμε εγώ και η Τζαγιασχρέ στο σκάφος. Η Τζαγιασχρέ τράβηξε το όπλο της πάνω στον άντρα που βογκούσε και εγώ έτρεξα προς τον Jordan. Πίσω της, σιωπηλός και ακίνητος, βρισκόταν ο Κιπ.

ΚΕΦΆΛΑΙΟ 38

Σε παρακαλώ να είσαι καλά, σε παρακαλώ να είσαι καλά, ψέλλισα σιωπηλά καθώς γονάτιζα δίπλα του. Άγγιξα το πρόσωπό του, το ένιωθα ζεστό και το χρώμα του ήταν καλό. Ανέπνεε κανονικά, απλά ήταν αναίσθητος. Άρχισε να κουνιέται και του φίλησα το μέτωπο. Δόξα τω Θεώ...

"Δεν μου είπες ότι το αγόρι σου ήταν ο Κιπ Σάιμονς", είπε ο Τζόρνταν με κατηγορηματικό τόνο.

"Θα με βοηθούσες;" ρώτησα.

"Ίσως", γέλασε, "αν αυτό σήμαινε ότι θα έδινα μια κλωτσιά στον κώλο αυτού του τύπου", είπε, δείχνοντας πίσω της. Έσκυψε και σήκωσε κάτι γυαλιστερό.

"Αυτά ανήκουν στον εραστή;" Κρατούσε ένα ζευγάρι γυαλιά με συρμάτινο σκελετό.

Εγώ έμεινα άναυδος. Η Τζαγιασχρέ και ο Ντιούκ κατάλαβαν αμέσως.

"Αυτός ο άντρας είναι ο Ντάνιελ Γουλφ. Είναι επίσης I-C-U", είπε η Jayashree.

"Είσαι ο μπάσταρδος που σκότωσε τον Μάλκολμ!" Ο Ντιούκ βρυχήθηκε, δίνοντάς του μια απότομη κλωτσιά στο πλάι. "Γιατί το έκανες;"

Η απάντηση του Γουλφ ήταν να του ρίξει ένα περιφρονητικό βλέμμα. Στη συνέχεια έφτυσε τα παπούτσια του Ντιούκ. Φάνηκε ότι ο Ντιούκ θα τον κλωτσούσε ξανά, αλλά δεν το έκανε. Νομίζω ότι ο Ντιούκ φοβόταν ότι μόλις ξεκινούσε, δεν θα μπορούσε να σταματήσει. Η Τζαγιασχρέ είπε στον Γουλφ να αδειάσει τις τσέπες του και, αφού τον σημάδευε με όπλο, εκείνος συμμορφώθηκε. Τον παρακολουθούσα, μελετώντας το πρόσωπό του, αλλά δεν είδα τίποτα αξιοσημείωτο εκεί, κανένα στοιχείο που να δείχνει ότι ήταν ψυχοπαθής. Από τα αραιά μαλλιά του, το αδύναμο πηγούνι του και το μέτριο σώμα του, έμοιαζε τόσο φυσιολογικός, τόσο συνηθισμένος. Νομίζω ότι αυτό ήταν το πιο τρομακτικό πράγμα απ' όλα -τουλάχιστον στους εφιάλτες μου, τα τέρατα έμοιαζαν με τέρατα.

Ο Γουλφ άρχισε να βγάζει ένα τέιζερ από την τσέπη του -το αναγνώρισα από την έρευνά μου- αλλά η Τζαγιασχρέ τον διέταξε να μείνει ακίνητος. Αντ' αυτού έβαλε τον Ντιούκ να αφαιρέσει το όπλο, σε περίπτωση που ο Γουλφ ήταν αρκετά τρελός για να προσπαθήσει να της κάνει Τέιζερ. Δεν είμαι σίγουρη γιατί ο Γουλφ είχε γλιτώσει τον Κιπ από την τύχη του Μάλκολμ. Ίσως ήθελε μόνο να αποτρέψει τον Κιπ από το να πάει στη συνεδρίαση της επιτροπής. Ή ίσως σχεδίαζε να πνίξει τον Κιπ στο ποτάμι και να το κάνει να φανεί σαν ατύχημα...

Άκουσα μια σειρήνα της αστυνομίας από μακριά. Παρόλο που δεν την είχα δει να το κάνει, η Τζέισρι πρέπει να τους είχε καλέσει. Όταν η Τζόρνταν άκουσε τον θόρυβο, κινήθηκε γρήγορα προς το άλλο αερόπλοιο, αυτό που είχε βενζίνη.

"Πρέπει να μείνεις και να απαντήσεις σε μερικές ερωτήσεις", της είπε η Jayashree.

"Σιγά μην το κάνω!" απάντησε εκείνη. "Θέλετε να με συλλάβετε".

"Περιμένετε!" Είπε η Τζαγιασχρέ. "Πριν κάνεις κάτι δραστικό, όπως να μας ψεκάσεις όλους με εντομοκτόνο, έχω μια ερώτηση για σένα".

Η περιέργεια την κυρίευσε και σταμάτησε. "Τι είναι;"

"Έχεις κάποιες αξιοσημείωτες ικανότητες", είπε η Τζαγιασχρέ, "έχεις σκεφτεί ποτέ να κάνεις καριέρα στο FBI;"

Η Τζόρνταν αιφνιδιάστηκε. "Προσπαθείς να με ξεγελάσεις. Νομίζεις ότι είμαι ο βάνδαλος του πάρκου".

"Ακόμα κι αν αυτό ήταν αλήθεια", είπε η Τζαγιασχρέ, "και είμαι σίγουρη ότι δεν είναι, οι σημερινές σου πράξεις θα αντιστάθμιζαν με το παραπάνω τις όποιες ανόητες φάρσες μπορεί να έχεις κάνει ή να μην έχεις κάνει. Εξάλλου", είπε, "μου αρέσει το στυλ σου".

Στη συνέχεια χαμογέλασε στο Κορίτσι Γκόθ ή αλλιώς Τζόρνταν , ή αλλιώς την καλλιτέχνιδα που παλαιότερα ήταν γνωστή ως 'Park Vandal'.

Η Τζόρνταν αποφάσισε να μείνει.

καλλιτέχνιδα που παλαιότερα ήταν γνωστή ως 'Park Vandal'.

Η Τζόρνταν αποφάσισε να μείνει.

ΚΕΦΑΛΑΙΟ 39

Ο Κιπ ξύπνησε μόλις έφτασαν οι νοσοκόμοι.

"Γεια σου μωρό μου, τι έχασα;" ρώτησε, ακόμα ζαλισμένος.

"Ξύπνησες!" Τσίριξα. "Καλώς ήρθες πίσω, γλυκέ μου. Για να δούμε, τι έχασες; Λοιπόν, πιάσαμε τον I-C-U, αναγνωρίσαμε τον βάνδαλο του πάρκου, μάθαμε στον Ντουκ πώς να οδηγεί αεροσκάφος και γνώρισα τον πρώτο μου πράκτορα του FBI. Οπότε, μια τυπική μέρα".

"Λυπάμαι που το έχασα. Μάλλον χρειαζόμουν έναν υπνάκο. Δεν ξέρω τι μου συνέβη".

Ο Ντουκ ήρθε κοντά μας. "Πώς αισθάνεσαι, φίλε; Πρέπει να σε χτύπησαν με τέιζερ".

Κούνησα το κεφάλι μου. "Όχι, το Τέιζερ σε ακινητοποιεί, αλλά δεν σε βγάζει νοκ άουτ. Αυτό ήταν κάτι άλλο".

Η Τζαγιασχρέ ήρθε κοντά μας. Ο Γουλφ είχε απομακρυνθεί μέχρι τότε.

"Γεια σου Κιπ", είπε, "συγγνώμη που

χάσαμε τα ίχνη σου, αλλά δεν έπρεπε να φύγεις μόνος σου. Εσείς οι Αμερικανοί νομίζετε όλοι ότι είστε ο Μπρους Γουίλις στο 'Πολύ Σκληρός Για να Πεθάνει', γιατί συμβαίνει αυτό;".

Ο Κιπ γέλασε. "Ναι, τα έκανα θάλασσα. Νόμιζα ότι ήταν πάλι ο βάνδαλος του πάρκου. Πού είναι αυτός, παρεμπιπτόντως; Πρέπει να τον συναντήσω".

"Τυπικός σοβινιστής", είπε η Τζόρνταν, από την απέναντι πλευρά του σκάφους, όπου μας παρακολουθούσε. "Οτιδήποτε έξυπνο ή εμπνευσμένο, τότε πρέπει να το έχει κάνει ένας άντρας".

"Ουάου!" Ο Κιπ σαφώς δεν περίμενε να στέκεται εκεί ένα κορίτσι με σκουλαρίκια και τατουάζ και μωβ μαλλιά. "Ποια είσαι εσύ;"

"Τέλεια!" Είπε, περπατώντας προς το μέρος μας. "Καταστρέφεις τη ζωή μου και δεν ξέρεις καν ποια είμαι. Είμαι η Τζόρνταν Ράιντερ και διεύθυνα αυτό το πάρκο, μέχρι που με απολύσατε".

Ο Κιπ κοίταξε μπερδεμένος. "Δεν σε απέλυσα εγώ. Πρέπει να το έκανε ο προϊστάμενός σου -αν και είμαι σίγουρος ότι με κατηγόρησε γι' αυτό".

"Ναι, σε κατηγόρησε", απάντησε ο Τζόρνταν. "Δεν έπρεπε να την πιστέψω- έλεγε συνέχεια ψέματα για τα πάντα. Εντάξει, υποθέτω ότι σε συγχωρώ". Τότε γέλασε και μπορούσαμε να δούμε ότι και η γλώσσα της ήταν τρυπημένη.

"Η Τζόρνταν σου έσωσε τη ζωή", τόνισα. "Αποδεικνύεται ότι οι υπερήρωες φορούν πάντα έντονα χρώματα, έτσι αναγνωρίζονται εύκολα".

Ο Κιπ χαμογέλασε και την ευχαρίστησε. Ακριβώς τότε, ένας αστυνομικός πλησίασε τη Jayashree και της έδωσε μια πλαστική σακούλα με την ένδειξη "αποδεικτικό στοιχείο".

"Κοίτα τι υπήρχε στο αυτοκίνητο του Γουλφ", είπε. "Είναι ένα μπουκάλι χλωροφόρμιο. Και αυτό ήταν κάτω από το κάθισμα".

Το αναγνώρισα αμέσως. Ήταν μια μωβ και πράσινη μάσκα του Μάρντι Γκρα, αγορασμένη από το Party City και την είχε φορέσει τελευταία φορά ένας κακός γελωτοποιός με χλωμά χέρια.

~

Δύο ημέρες αργότερα, καθόμουν στο γραφείο του Κιπ και με ενημέρωνε για τα τελευταία νέα.

"Εντάξει", είπα. "Καταλαβαίνω ότι ο Ντάνιελ Γουλφ προσέλαβε τον Μάλκολμ για να μας κατασκοπεύει, αλλά πώς έπεισε τον Ντίλι Γουίλιαμς να υπεξαιρέσει τα χρήματα για να πληρώσει γι' αυτό;"

"Παριστάνοντας τον πατέρα του", είπε ο Κιπ. "Ο Ντίλι ήταν ένας από τους επιτρόπους που έπαιρνε δωροδοκίες, οπότε έκανε ό,τι του έλεγε ο Μπέντζαμιν Γουλφ. Το μόνο που έπρεπε να κάνει ο Ντάνιελ ήταν να πείσει τον Ντίλι ότι ο Μπέντζαμιν το είχε διατάξει".

"Ο Μπέντζαμιν δεν ήταν στο κόλπο;"

"Όχι, δεν είχε ιδέα ότι ο γιος του ήταν

ψυχοπαθής. Ο Μπέντζαμιν δωροδοκούσε την Ντίλι Γουίλιαμς και άλλους δύο επιτρόπους, αλλά ισχυρίζεται ότι δεν ήξερε τι σκάρωνε ο Ντάνιελ. Πίστευε ότι ο Ντάνιελ ήταν απλώς ένας βιβλιοφάγος σπασίκλας. Το μόνο που ήθελε πάντα ο Μπέντζαμιν ήταν να "ανδρωθεί" ο Ντάνιελ, ώστε να μπορέσει κάποια μέρα να αναλάβει την επιχείρηση".

"Το μάθημα είναι, πρόσεχε τι εύχεσαι", είπα. "Δεν αστειεύεσαι".

Είχα άλλη μια ερώτηση. "Ποιος ήταν ο ρόλος του Κουίνσι σε αυτό;" Ήξερα ότι υπήρχε ένας λόγος που τον περιφρονούσα αμέσως.

"Ο Κουίνσι δούλευε για τον Μπέντζαμιν και μάλιστα εδώ και χρόνια. Ο Κουίνσι ήταν ο άνθρωπός του από μέσα. Ο Μπέντζαμιν του είχε υποσχεθεί τη θέση του διευθυντή, τη δική μου θέση, όταν ο προηγούμενος διευθυντής συνταξιοδοτήθηκε, αλλά μετά ενεπλάκησαν ο Γενικός Εισαγγελέας και το FBI και είπαν στην κομητεία να επιλέξει έναν ξένο. Φυσικά, ο Μπέντζαμιν δεν γνώριζε για την επιχείρηση παγίδευσης".

"Τι θα συμβεί τώρα με τον πύργο Sapphire Sky Tower;"

Ο Κιπ χαμογέλασε πλατιά. "Έχει απορριφθεί. Οι υγρότοποι θα παραμείνουν στη φυσική τους κατάσταση. Όλη η δουλειά που έκανα για την έκθεσή μου ήταν για το τίποτα".

Έκανα ένα νεύμα. "Βλέπεις; Στο είπα ότι ήταν μεγάλο χάσιμο χρόνου. Και τι γίνεται με το Ren-Fest, ξαναγίνεται;"

Ο Κιπ έγνεψε με ενθουσιασμό. "Ω, θα γίνει,

μωρό μου! Αλλά με μια μικρή, στην πραγματικότητα μεγάλη διαφορά".

"Τι;"

"Δεν υπάρχει ελέφαντας", είπε. "Ο εκπαιδευτής της Ταζ είπε ότι δεν θα την ξαναφέρει εδώ".

"Η ΡΕΤΑ πρέπει να είναι χαρούμενη."

"Ω ναι", είπε ο Κιπ, "και ο 'Άγιος Ιωσήφ' παίρνει όλα τα εύσημα γι' αυτό. Οπότε, με το Ren-Fest πίσω, φαίνεται ότι τελικά θα πάρω εκείνο το μπέικον με σοκολάτα".

"Ονειρεύεσαι", είπα. "Αλλά μην ανησυχείς, θα σκεφτώ κάποιον τρόπο να επανορθώσω".

Και μετά τον φίλησα για να σφραγίσω τη συμφωνία.

ΚΕΦΆΛΑΙΟ 40

"'Έλυσα το μυστήριο", είπε η Γκρέις, όταν σήκωσα το τηλέφωνο λίγες ώρες αργότερα.

Μετά από όσα είχα μόλις περάσει με τον Κιπ, η επιλογή των λέξεών της μου φάνηκε αστεία και γέλασα.

"Γιατί γελάς;"

"Θα σου πω αργότερα", είπα. "Ποιο μυστήριο έλυσες;"

"Πόσα υπάρχουν, Τζέιμι; Ξέρεις, ο μπαμπάς σου;"

"Συγγνώμη, φυσικά! Ανυπομονώ να ακούσω τι ανακάλυψες". Είπα.

"Θέλεις τα καλά νέα ή τα πραγματικά καλά νέα;" Η Γκρέις ήταν ενθουσιασμένη.

"'Όπως θέλεις να μου τα πεις", είπα. Είχα αρχίσει να ενθουσιάζομαι κι εγώ.

"Εντάξει, άκου το πρώτο μέρος: Το Αλλοδαπών έκανε ένα λάθος: ο μπαμπάς σου είναι νόμιμα παντρεμένος με την Άνα Μαρία".

"Αυτό είναι υπέροχο!"

"Αλλά το λάθος του Αλλοδαπών δεν έχει διορθωθεί ακόμα".

"Τι εννοείς;" Ρώτησα.

"Το INS εξακολουθεί να πιστεύει ότι ο μπαμπάς σου είναι παντρεμένος με την πρώτη του γυναίκα".

"Τι; Για ποια πρώτη γυναίκα μιλάς; Είπε ότι έχει παντρευτεί μόνο μία φορά".

"Κάνει λάθος." Η Γκρέις είπε αυτάρεσκα.

"Λέει ψέματα;"

"Όχι, απλά κάνει λάθος. Ο λόγος που είναι νόμιμα παντρεμένος με την Άνα Μαρία τώρα είναι ότι η πρώτη του γυναίκα πέθανε περίπου ένα χρόνο πριν παντρευτεί την Άνα Μαρία. Το Αλλοδαπών και Μεταναστών δεν γνωρίζει τον θάνατο αυτό και γι' αυτό πιστεύουν ότι ο τωρινός του γάμος δεν είναι νόμιμος".

"Μα Γκρέις", είπα, αρχίζοντας να περπατάω στο γραφείο μου. "Δεν έχει ζήσει στις Ηνωμένες Πολιτείες για πάνω από τριάντα χρόνια, θυμάσαι; Πότε θα μπορούσε να έχει παντρευτεί;"

"Θα σου δώσω ένα στοιχείο. Πριν φύγει".

"Με σκοτώνεις, Γκρέισι! Σε παρακαλώ, πες μου για τι πράγμα μιλάς".

"Εντάξει, δεν θα σε βασανίσω άλλο", είπε γελώντας. "Να τι συνέβη. Ένα μήνα πριν απελαθεί ο πατέρας σου πήγε στο Τέξας για να παρακολουθήσει μια συγκέντρωση. Βρισκόταν στη χώρα με φοιτητική βίζα, αλλά επειδή είχε εγκαταλείψει τη σχολή του, η βίζα του ήταν άκυρη. Αυτό αποτελούσε πρόβλημα αν ήθελε να παραμείνει στη χώρα, αλλά η παλιά καλή πολιτεία του Τέξας είχε μια λύση. Πριν από τριάντα πέντε χρόνια, στο Τέξας ήταν νόμιμο να παντρεύεται κανείς με πληρεξούσιο, δηλαδή ο ένας από τους δύο δεν χρειαζόταν καν να είναι εκεί. Ο αγνοούμενος μπορούσε απλώς να συμπληρώσει τα χαρτιά, να τα επικυρώσει και να τα ταχυδρομήσει".

"Εννοείς ότι μπορούσες να παντρευτείς 'ερήμην';" Είχα μπερδευτεί.

"Ναι. Και αυτό ακριβώς έκανε. Η φίλη του ήταν αρκετά ευγενική για να τον βοηθήσει. Παρόλο που βρισκόταν ακόμα στη Φλόριντα...".

"Η μητέρα μου;"

"Ναι, κυρία μου. Ο πατέρας σας παντρεύτηκε τη Σούζαν Κουίν πριν από τριάντα πέντε χρόνια".

"Θεέ μου! Αυτό είναι αδύνατον! Αυτό είναι φανταστικό! Πώς γίνεται να μην ξέρει ότι παντρεύτηκε τη μητέρα μου;"

"Δεν είμαι σίγουρος", είπε η Γκρέις. "Μπορεί να μην ήταν δική του ιδέα. Θέλω να πω, ίσως οι πολιτικοί ηγέτες να το κανόνισαν γι' αυτόν. Και η μητέρα σου προφανώς ούτε το ήξερε. Ναι, υπέγραψε το έντυπο, αλλά πάω στοίχημα ότι δεν είδε ποτέ το πιστοποιητικό γάμου. Θα πρέπει να υπέθεσε ότι δεν πέρασε".

"Ανυπομονώ να του το πω!"

Τότε σκέφτηκα κάτι που κατέπνιξε την ευφορία μου.

"Αλλά αυτό δεν λύνει το πρόβλημα", είπα.

"Τι εννοείς; Φυσικά και διορθώνει το πρόβλημα, Τζέιμι".

"Όχι, δεν το διορθώνει. Ακόμα και όταν πούμε στο Αλλοδαπών και Μεταναστευτικών Υποθέσεων ότι η μητέρα μου πέθανε, πιθανότατα θα αρνηθούν τη βίζα ούτως ή άλλως. Ο μπαμπάς μου και η Άνα Μαρία δεν έχουν ζήσει ποτέ μαζί".

"Ω, μάλλον έχεις δίκιο", είπε η Γκρέις απογοητευμένη. "Κρίμα που ο μπαμπάς σου δεν αναφέρεται στο πιστοποιητικό γέννησής σου".

"Μα είναι καταχωρημένος", είπα. "Πήρα ένα αντίγραφο με το ταχυδρομείο τις προάλλες".

Η Γκρέις ούρλιαξε. "Αυτό σημαίνει ότι είσαι νόμιμος, Τζέιμι! Συγχαρητήρια, είναι κοριτσάκι! ΕΣΥ μπορείς να κάνεις αίτηση για τη βίζα του μπαμπά σου! Το μόνο που χρειάζεσαι είναι το πιστοποιητικό γέννησής σου και ένα αντίγραφο του πιστοποιητικού γάμου των γονιών σου. Τα οποία τυχαίνει να έχω εγώ".

ΚΕΦΑΛΑΙΟ 41

Ήταν πάλι η ώρα, η ώρα να βγάλουμε τον Δούκα για δείπνο ως ευχαριστώ για όλη του τη βοήθεια. Δεν είναι ότι δεν απολάμβανα τα δείπνα μας, γιατί το απολάμβανα, απλώς θα ήθελα να με άφηνε να τον πληρώνω για την εργασία του ως ντετέκτιβ. Για να γίνουν τα πράγματα χειρότερα, δεν συμφωνούσε να πάμε πουθενά "φανταχτερά"- ήθελε σπιτικό φαγητό, όπως έλεγε. Έτσι καταλήξαμε στου Catfish Dewey για μια βραδιά με γαρίδες. Ή, στην περίπτωσή μου, "όσες γαρίδες δεν μπορείς να φας". Δεν με πείραξε γιατί είχαν τα καλύτερα hush puppies στην πόλη (ίσως τα μόνα hush puppies στην πόλη), καθώς και γεμιστές πιπεριές jalapeno και τηγανητά μανιτάρια. Βασικά, οτιδήποτε θα μπορούσε να είναι υγιεινό στην αρχή, αισθάνθηκαν την ανάγκη να το ψωμίσουν και να το τηγανίσουν. Δεν μπορούσαν να κάνουν αλλιώς.

"Έχω μια παράκληση", είπα στον Ντιούκ μόλις καθίσαμε στο τραπέζι.

"Τι είναι αυτό, αγάπη μου;"

"Μπορείς να μην παραγγείλεις βατραχοπόδαρα; Νομίζω ότι θα πρέπει να σηκωθώ και να φύγω..."

Ο Ντιούκ το βρήκε ξεκαρδιστικό. "Και πώς νιώθεις για τον αλιγάτορα;"

"Το ίδιο - εντελώς αηδιασμένος".

"Τότε ποιο από τα πλάσματα του Θεού δεν σε προσβάλλει;" Γελούσε ακόμα πολύ δυνατά.

"Δεν ξέρω, υποθέτω ότι είναι ανόητο να τραβάς τη γραμμή στο ένα πράγμα και όχι στο άλλο -αλλά, σοβαρά, όχι βατραχοπόδαρα".

Η σερβιτόρα έφερε τις μπύρες μας και ένα μπολ με χασιπένια και αρχίσαμε να τρώμε.

"Μου λείπουν τα hoedowns που είχαν εδώ", είπε ο Ντιούκ με νοσταλγία. Ήταν ακουμπισμένος στον τοίχο του θαλάμου, με το ένα του πόδι στο κάθισμα, εντελώς άνετος.

"Ναι, είμαι σίγουρος ότι αυτό συνέβαλε στην ατμόσφαιρα", είπα, προσπαθώντας να φανταστώ όλο αυτό το ουρλιαχτό και τις φωνές ενώ οι άνθρωποι προσπαθούσαν να φάνε το δείπνο τους.

Η έκφραση του Ντιούκ έγινε σοβαρή τότε και σήκωσε το ποτήρι του: "Στον Μάλκολμ".

Ήπια τα ποτήρια μαζί του. "Στον Μάλκολμ."

Ο Ντιούκ με κοίταξε διασκεδάζοντας. "Ξέρεις, δεν υπάρχει ποτέ μια βαρετή στιγμή όταν βρίσκεσαι κοντά σου. Πώς καταφέρνεις να μπλέκεσαι συνέχεια σε τόσους φόνους και χάος; Ο ξάδερφός σου, ο πελάτης σου, ο φίλος σου... σίγουρα ξέρεις πώς να τους διαλέγεις, κορίτσι μου!" Γέλασε.

"Ούτε εγώ το καταλαβαίνω", παραδέχτηκα.

"Αλλά, για να το ξεκαθαρίσουμε, δεν διάλεξα εγώ τον ξάδερφό μου. Η οικογένειά μου ήρθε ως πακέτο".

"Λοιπόν, με αυτόν τον ρυθμό, θα μπορούσες κάλλιστα να γίνεις δικηγόρος ποινικών υποθέσεων", αστειεύτηκε ο Ντουκ.

"Δεν πρόκειται να συμβεί ποτέ. Λοιπόν, θα ξαναπάς στο Ren-Fest;" Ρώτησα, προσπαθώντας να αλλάξω θέμα.

"Ναι, σκέφτηκα να πάω την Κάντι εκεί. Θα της άρεσε".

"Αν ντυθείτε και οι δύο πειρατές, θα χρειαστώ μια φωτογραφία!" Την πείραξα, πίνοντας μια γουλιά μπύρα. "Πώς πάνε τα πράγματα για εσάς τους δύο; Αν δεν σας πειράζει που ρωτάω".

Ο Ντιούκ έδειχνε σκεπτικός. "Υπέροχα, εκτός από..."

"Ακούω".

"Μιλάει για το ενδεχόμενο να παντρευτεί ξανά. Τζέιμι, απλά δεν είμαι ο τύπος που παντρεύεται".

Παραλίγο να ρουφήξω μπύρα από τη μύτη μου, γελούσα τόσο δυνατά.

"Ντιούκ... αν δεν είσαι ο τύπος που παντρεύεται, δεν ξέρω ποιος είναι! Έχεις παντρευτεί τρεις φορές, πρέπει να σου αρέσει να παντρεύεσαι, σωστά;"

"Λάθος. Λοιπόν, μου αρέσει να παντρεύομαι, αλλά σιχαίνομαι να παίρνω διαζύγιο, και με κάποιο τρόπο το ένα οδηγεί πάντα στο άλλο".

"Δεν ξέρω τι να σου πω, Δούκα. Απλά να είσαι ειλικρινής μαζί της", είπα.

"Ναι, αυτή είναι καλή συμβουλή. Πώς τα πάτε εσύ και ο δασοφύλακας; Αν δεν σε πειράζει που ρωτάω". Μου χάρισε ένα χαμόγελο γνώσης.

Γύρισα τα μάτια μου. "Ο ίδιος παλιός καλός Ντουκ! Ο Κιπ τα πάει μια χαρά και η ζωή έχει επιστρέψει στο φυσιολογικό, ό,τι κι αν είναι αυτό. Είναι μπλεγμένος σε αυτό το μπέρδεμα με το πάρκο από την ημέρα που ξεκίνησε ως διευθυντής. Δεν ξέρω πώς θα τα καταφέρει χωρίς έναν βάνδαλο του πάρκου, διεφθαρμένους επιτρόπους και έναν μανιακό δολοφόνο που κυκλοφορεί ελεύθερος. Μπορεί να βαρεθεί".

"Όχι με εσένα τριγύρω, πάω στοίχημα".

Συγκινήθηκα και κολακεύτηκα μέχρι που ο Ντουκ ολοκλήρωσε τη σκέψη του.

"Πάντα θα βρίσκεις μπελάδες, αν δεν σε βρουν πρώτα αυτοί".

Τον κοίταξα στα μάτια. "Ω, απλά κάνε ησυχία και φάε τα βατραχοπόδαρά σου".

ΚΕΦΆΛΑΙΟ 42

"Πάπι, έχεις πάει ποτέ στο Τέξας;"

Ο πατέρας μου με κοίταξε με περιέργεια. Η σύνδεσή μας στο Skype ήταν καλή αυτή τη φορά. Θα μπορούσε να κάθεται στην κουζίνα μου και να πίνει καφέ μαζί μου εκείνο το κυριακάτικο πρωινό.

"Sí, αλλά ήταν πριν από τόσα χρόνια. Γιατί ρωτάς;"

Απολάμβανα αυτό το μικρό παιχνίδι. "Συνέβη τίποτα ασυνήθιστο εκεί;"

"Απ' ό,τι θυμάμαι, υπήρχε ένα πρόβλημα με τη βίζα μου και έπρεπε να κάνω κάποια γραφειοκρατία".

"Αυτή η γραφειοκρατία περιελάμβανε και μια αίτηση για άδεια γάμου;" Ρώτησα.

"Ο ηγέτης μου στο κίνημα μίλησε για να κάνω κάποιο είδος προσποιητού γάμου για να μπορέσω να μείνω. Υπέγραψα κάποια χαρτιά, αλλά δεν έγινε τίποτα", είπε, φανερά προβληματισμένος από τις ερωτήσεις μου.

"Κι αν σας έλεγα ότι κάτι συνέβη; Τι θα γινόταν αν σας έλεγα ότι παντρεύτηκες εκείνη την ημέρα;" Δεν μπορούσα να σταματήσω να χαμογελάω.

"Dios mio!" Πετάχτηκε από την καρέκλα του. "Παντρεύτηκες; Ποιον παντρεύτηκα; Αυτό είναι τρομερό!"

"Μπαμπά", είπα, "μπορείς να χαλαρώσεις. Δεν είναι τρομερό, είναι υπέροχο. Παντρεύτηκες τη μαμά. Το έκανες με πληρεξούσιο, που σημαίνει ότι δεν χρειαζόταν να είναι εκεί. Έπρεπε απλώς να υπογράψει τα χαρτιά και να σου τα στείλει. Τι λες γι' αυτό;"

Έδειχνε τόσο σοκαρισμένος, που με ανησύχησε. Δεν προσπαθούσα να του προκαλέσω καρδιακή προσβολή. Για αρκετά λεπτά, καθόταν εκεί χωρίς να πει λέξη, απλώς κοιτούσε το πάτωμα, χαμένος στις σκέψεις του. Τελικά, κοίταξε ψηλά.

"Είναι αλήθεια, Τζέιμι;"

Εγώ έγνεψα.

"Η μητέρα σου ήξερε ότι ήμασταν παντρεμένοι;"

Κούνησα το κεφάλι μου.

Δίστασε. "Είμαι παντρεμένος με την Άννα Μαρία τώρα;"

Έκανα πάλι νεύμα.

Εκείνος χαμογέλασε πλατιά. "Αυτό είναι υπέροχο! Παρόλο που δεν αλλάζει τίποτα, με κάνει ευτυχισμένο το γεγονός ότι παντρεύτηκα τη μητέρα σου όταν είχα την ευκαιρία. Σ' ευχαριστώ γι' αυτό το δώρο, hija", είπε με δάκρυα στα μάτια.

"Αλλά δεν σου έδωσα ακόμα το δώρο!" Γέλασα. "Αφού είμαι πλέον η νόμιμη κόρη σου, μπορώ να κάνω αίτηση για τη βίζα σου. Τι λες γι' αυτό, Papi;"

Τα δάκρυα κυλούσαν ελεύθερα τώρα, και για τους δυο μας. Τότε ρώτησα: "Σου είπε η Άνα Μαρία να αγοράσεις κάτι ιδιαίτερο από το μπακάλικο;".

Εκείνος έγνεψε.

"Αν πας να το πάρεις τώρα, θα πάω κι εγώ", είπα.

Όταν είχαμε επιστρέψει και οι δύο στις θέσεις μας, κρατούσαμε το ίδιο πράγμα, ένα χωνάκι παγωτού με μια μπάλα παγωτό.

"Τι γεύση είναι η δική σου;" Ρώτησα.

"Σοκολάτα. Το δικό σου είναι με γεύση μέντας;" Εκείνος χαμογελούσε σαν μικρό παιδί.

"Ναι. Είσαι έτοιμος;"

Κούνησε πάλι το κεφάλι του.

"Εντάξει", είπα. "1, 2, 3, πάμε!"

Έτσι, λοιπόν, πήγα τελικά να φάω παγωτό με τον μπαμπά μου. Την επόμενη φορά, θα κεράσω εγώ.

Αγαπητέ αναγνώστη,

Ελπίζουμε να σας άρεσε η ανάγνωση του *Κίνδυνος στο Πάρκο*. Παρακαλούμε αφιερώστε λίγο χρόνο για να αφήσετε μια κριτική, ακόμη και αν είναι σύντομη. Η γνώμη σας είναι σημαντική για εμάς.

Με τους καλύτερους χαιρετισμούς,

Barbara Venkataraman και η Ομάδα του Next Chapter

ΣΧΕΤΙΚΆ ΜΕ ΤΟΝ ΣΥΓΓΡΑΦΈΑ

Η βραβευμένη συγγραφέας Barbara Venkataraman είναι δικηγόρος στη Νότια Φλόριντα, όπου αντλεί έμπνευση για τα βιβλία της από τα καθημερινά πρωτοσέλιδα. Λατρεύει να συνδέεται με τους αναγνώστες μέσω των βιβλίων της και βρίσκει ένα ιδιαίτερο είδος χαράς σε μια καλοδουλεμένη φράση. Εκτός από τη συγγραφή μυθιστορημάτων, είναι συν-συγγραφέας του βιβλίου *Accidental Activist: Justice for the Groveland Four* με τον γιο της Josh Venkataraman για την επιτυχημένη τετραετή προσπάθειά του να επιτύχει μεταθανάτια χάρη για τους Groveland Four.

Κίνδυνος στο Πάρκο
ISBN: 978-4-82416-590-9
Χαρτόδετο χαρτί μαζικής αγοράς

Εκδόσεις
Next Chapter
2-5-6 SANNO
SANNO BRIDGE
143-0023 Ota-Ku, Tokyo
+818035793528

18 Ιανουάριος 2023